Slow reading

慢读译丛｜谢大光 主编

20世纪英国小品的巅峰之作

无知的乐趣

〔英〕罗伯特·威尔逊·林德 著

吕长发 译

南方出版传媒

花城出版社

中国·广州

图书在版编目（CIP）数据

　　无知的乐趣 ／（英）罗伯特·威尔逊·林德著；吕
长发译. -- 广州：花城出版社，2018.11
　　（慢读译丛／谢大光主编）
　　ISBN 978-7-5360-8668-5

　　Ⅰ．①无… Ⅱ．①罗… ②吕… Ⅲ．①散文集－英国
－现代 Ⅳ．①I561.65

　　中国版本图书馆CIP数据核字(2018)第209680号

出 版 人：詹秀敏
责任编辑：余红梅
技术编辑：凌春梅
内文插图：余逸菲
封面摄影：刘一苇
装帧设计：林露茜

书　　名	无知的乐趣	
	WUZHI DE LEQU	
出版发行	花城出版社	
	（广州市环市东路水荫路 11 号）	
经　　销	全国新华书店	
印　　刷	恒美印务（广州）有限公司	
	（广州南沙经济技术开发区环市大道南路 334 号）	
开　　本	880 毫米×1230 毫米　32 开	
印　　张	7　2 插页	
字　　数	160,000 字	
版　　次	2018 年 11 月第 1 版　2018 年 11 月第 1 次印刷	
定　　价	42.00 元	

如发现印装质量问题，请直接与印刷厂联系调换。
购书热线：020 - 37604658　37602954
花城出版社网站：http://www.fcph.com.cn

"慢读译丛"总序

谢大光

　　阅读原本是一个人自己的事，与看电影或是欣赏音乐相比，当然自由许多，也自在许多。阅读速度完全可以因人而异，自己选择，并不存在快与慢的问题。才能超常者尽可一目十行，自认愚钝者也不妨十目一行，反正书在自己手中，不会影响他人。然而，今日社会宛如一个大赛场，孩子一出生就被安在了跑道上，孰快孰慢，决定着一生的命运，由不得你自己选择。读书一旦纳入人生竞赛的项目，阅读速度问题就凸显出来了。望子成龙的家长们，期盼甚至逼迫孩子早读、快读、多读，学校和社会也在推波助澜，渲染着强化着竞赛的紧张气氛。这是只有一个目标的竞赛，千军万马过独木桥，无怪乎孩子们要掐着秒表阅读，看一分钟到底能读多少单词。有需求就有市场。走进书店，那些铺天盖地的辅导读物、励志读物、理财读物，无不在争着教人如何速成，如何快捷地取得成功。物质主义时代，读书从一开始就直接地和物质利益挂起钩，越来越成为一种功利化行为。阅读只是知识的填充，只是应付各种人生考试的手段。我们淡漠了甚至忘记了还有另一种阅读，对于今天的我们也许是更为重要的阅读——诉诸心灵的惬意的阅读。

这是我们曾经有过的：清风朗月，一卷在手，心与书从容相对熔融一体，今夕何夕，宠辱皆忘；或是夜深人静，书在枕旁，情感随书中人物的命运起伏，喜怒笑哭，无法自已。这样的阅读会使世界在眼前开阔起来，未来有了无限的可能性，使你更加热爱生活；这样的阅读会在心田种下爱与善的种子，使你懂得如何与他人与自然和谐相处，在纷繁喧嚣的世界中站立起来；这样的阅读能使人找到自己，无论身处顺境还是逆境，抑或面对种种诱惑，也不忘记自己是谁。这样的阅读是快乐的。"好读书，不求甚解。每有会意，便欣然忘食"，我们在引用陶渊明这段自述时，常常忘记了前面还有"闲静少言，不慕名利"八个字。阅读状态和生活态度是紧密相关的。你想从生活中得到什么，就会有怎样的阅读。我们不是生活在梦幻中，谁也不可能完全离开基本的生存需求去读书，那些能够把谋生的职业与个人兴趣合而为一的人，是上天赐福的幸运儿，然而，不要仅仅为了生存去读书吧。即使是从功利的角度出发，目标单一具体的阅读，就像到超市去买预想的商品，进去就拿，拿到就走，快则快矣，少了许多趣味，所得也就有限。有一种教育叫熏陶，有一种成长叫积淀，有一种阅读叫品味。世界如此广阔，生活如此丰富，值得我们细细翻阅，一个劲儿地快马加鞭日夜兼程，岂不是辜负了身边的无限风光。总要有流连忘返含英咀华的兴致，总要有下马看花闲庭信步的自信，有快就要有慢，快是为了慢，慢慢走，慢慢看，慢慢读，可以从生活中文字中发现更多意想不到的意味和乐趣，既享受了生活，又有助于成长。慢也是为了快，速度可以置换成质量，质量就是机遇。君不见森林中的树木，生长缓慢的更结实，更有机会成为栋梁之材。十年树木，百年树人，心灵的成长需要耐心。

在人类历史上，对于关乎心灵的事，从来都是有耐心的。法国的巴黎圣母院，从1163年开始修建至1345年建成，历时180多年；意大利的米兰大教堂，从1386年至1897年，建造了整整五个世纪，而教堂的最后一座铜门直至1965年才被装好；创纪录的是德国科隆大教堂，从1248年至1880年，完全建成竟然耗时632年。如果说，最早的倡议者还存有些许功名之心，经过600多年的岁月淘洗，留下的大约只是虔诚的信仰。在中国，这样安放心灵的建筑也能拉出长长的一串名单：新疆克孜尔千佛洞，从东汉至唐，共开凿600多年；敦煌莫高窟，从前秦建元二年（366）开凿第一个洞窟，一直延续到元代，前后历时千年；洛阳龙门石窟，从北魏太和年间（477—499）到北宋，开凿400多年；天水麦积山石窟，始凿于后秦，历经北魏、北周、隋、唐、五代、宋、元、明、清，各朝陆续营造，前后长达1400多年……同样具有耐心的，还有以文字建造心灵殿堂的作家、学者。"不应该把知识贴在心灵表面，应该注入心灵里面；不应该拿它来喷洒，应该拿它来浸染。要是学习不能改变心灵，使之趋向完美，最好还是就此作罢。""一个人不学善良做人的知识，其他一切知识对他都是有害的。"以上的话出自法国作家蒙田（1533—1592）。蒙田在他的后半生把自己作为思想的对象物，通过对自己的观察和问讯探究与之相联系的外部世界，花费整整30年时间，完成传世之作《随笔集》，其影响一直延续至今；另一位法国作家拉布吕耶尔（1645—1696），一生在写只有10万字的《品格论》，1688年首版后，每一年都在重版，每版都有新条目增加，他不撒谎，一个字有一个字的分量，直指世道人心，被尊为历史的见证；晚年的列夫·托尔斯泰，已经著作等身，还在苦苦追索人生的意义，一部拷问灵魂的小说《复活》整整写了10年；我们的曹雪芹，穷其一生只留下未完成的《红楼梦》，一代又一代读者受惠于他的心灵泽被，对他这个人却知之甚少，甚至不能确知他的生卒年月。

这些就是人类心灵史上的顿号。我们可以说时代不同了，如今是消费物质时代、信息泛滥时代，变化是如此之快，信息是如此之多，竞争又是如此激烈，稍有怠慢，就会落伍，就会和财富和机会失之交臂，哪里有时间有耐心去关注心灵？然而，物质越是丰富，技术越是先进，越需要强大的精神力量去制衡去掌控，否则世界会失衡，带来灾难性的后果。对于个人来说，善良、真诚、理想、友爱、审美，这些关乎心灵的事，永远不会过时，永远值得投入耐心。千里之行，始于足下，就让我们从读好一本书开始。不必刻意追求速度的快慢，你只要少一些攀比追风的功利之心，多一些平常心，保持自然放松的心态，正像美好的风景让人放慢脚步，动听的音乐会令人驻足，遇到好书自然会使阅读放慢速度，细细欣赏，读完之后还会留下长长的记忆和回味。书和人的关系与人和人的关系有相通之处，物以类聚，人以群分，书人之间也讲究因缘聚会同气相求。敬重书的品质，养成慢读的习惯，好书自然会向你聚拢而来，这将使你一生受用无穷。

正是基于以上考量，我们编辑了这一套"慢读译丛"，尝试着给期待慢读的读者提供一种选择。相信流连其中的人不会失望。

2011年7月10日 于津门

■ 谢大光：百花文艺出版社原副总编辑，有20多年外国散文编辑经验，先后编辑出版"外国名家散文丛书""世界散文名著丛书""世界经典散文新编"等120余种散文书籍；主编《百年外国散文精华》《日本散文经典》《法国散文经典》《俄罗斯散文经典》《拉美散文经典》等。

目录 *contents*

1

罗伯特·威尔逊·林德

无知的乐趣

同一个普通城里人在乡间散步——尤其是，或许在四月或者五月吧——你不可能不对他无知领域之宽阔感到震惊。再者，你一个人在乡间散步，也不可能不对自己无知领域之宽阔感到震惊。成千上万的男人和女人活了一辈子，到死也分辨不清山毛榉和榆树，说不清画眉和乌鸫的歌声有什么不同。或许在现代城市里能够分清画眉和乌鸫鸣叫声的人只是例外。不是说我们没有见到过这些鸟，只是我们没有注意到它们。我们一生中有各种鸟生活在周围，但是我们的观察力太微弱，以至于我们中的许多人说不清苍头燕雀是否会唱歌，也说不出布谷鸟的颜色。我们像小孩子似的争论布谷鸟飞翔时总在歌唱还是落在树枝上才会唱，争论查普曼[1]下面的诗句是出于他的想象还是他对自然的认知而写：

[1] 普曼（1864—1945），美国鸟类学家，曾任美国自然历史博物馆鸟类馆馆长，著有《北美东部的鸟类手册》等专著。——译注（以下没有特别说明均为译注）

布谷鸟

当布谷鸟在绿色的橡树怀里唱歌，
可爱的春天首次给人们带来欢乐。

　　然而，这种无知并不是可悲的，我们可以从中不断地获得发现的乐趣。只要我们足够无知，每年春天大自然的每一个事实就会呈现在我们面前，而每个事实上面还挂着露珠呢。假如我们活了半辈子连一只布谷鸟也从未见过，而仅仅把它看作一个飘忽不定的声音，那么当我们看到它由于意识到自己犯下的罪过，从一片树林匆匆飞到另一片树林那逃跑的景象，看到它像鹰一样停在风中的样子——它长长的尾巴抖动着，然后竟敢降落在长满冷杉的山坡上，那里可能有寻机复仇者潜伏着——就感到更加快乐了。佯称博物学家对鸟类的观察得不到快乐是荒谬的，然而和第一次看到布谷鸟的人所具有的初期兴奋心情相比，博物学家的快乐是一种持续的快乐，几乎是一种理智的、单调乏味的消遣；瞧呀，世界焕然一新了。

那么，说到这一点，即便是博物学家的快乐在一定程度上也依赖于他的无知，这种无知给他留下了一些新的领域去征服。他有可能对书本上的所有知识都了如指掌，但是在他亲眼把每个鲜明生动的细节都弄确实之前，依然会感到有些懵懵懂懂。他想亲眼见到雌布谷鸟把蛋下到地上，然后用嘴把蛋衔到鸟巢里，准备在那里繁育幼雏。这是一种很难得一见的景象！他会日复一日地坐在那儿，用望远镜抵住双眼，以期亲自弄清楚是认可还是驳斥那表明布谷鸟的确把蛋下到地上而不是窝里的证据。然而，即使他十分幸运，发现了在下蛋这一动作上最爱遮遮掩掩的鸟，对他而言，在诸如布谷鸟的蛋是否总是同鸟巢里其他的蛋一样颜色——她把蛋抛弃在那巢中——这样大量有争议的问题上，还有其他领域有待他去攻克。毫无疑问，科学家们迄今没有理由会为他们错过了的无知而哭泣。如果说他们看起来像是什么都知晓，只是因为我和你几乎一切都全然不知。在他们所要发现的每一件事实下面，总是会有一种无知的财富在等待着他们。他们不会比托马斯·布朗爵士〔1〕更多地知道塞壬〔2〕们对尤利西斯〔3〕唱什么歌。

〔1〕托马斯·布朗爵士（1605-1682），英国医师、作家，著有《一个医生的宗教信仰》等。

〔2〕塞壬（Siren），古希腊神话中半人半鸟的女海妖，以美妙的歌声诱惑过往航海者，使驶近的船只触礁沉没。

〔3〕尤利西斯（Ulysses），古希腊荷马史诗《奥德赛》中的英雄俄底修斯（Odysseus）的拉丁文名，伊塞卡国王。以足智多谋著称，特洛伊战争中献木马计，使希腊军获胜。

我是以布谷鸟作为例子来说明普通人的无知，这并不是因为我有资格对这种鸟做权威性的发言，而只是因为我在一个看来受到过所有来自非洲的布谷鸟入侵的教区度过春天时，意识到我和我遇到的其他任何人对于这些鸟的了解都非常之少。但是，我和你的无知还不仅仅限于对布谷鸟的认识上。这种无知表现在对所有创造物的皮毛了解上，从太阳、月亮到花卉的名字。有一次我听到一位聪明的女士问新月是否总是在一个星期的同一个日子出现。接着她又说不知道反而更好，因为如果不知道什么时间或者在天空什么位置会看到新月，那么它每一次的出现都会是一个惊喜。然而，我相信对于那些即使是熟悉它的时间表的人，新月的出现也是件令人惊异的事。对于春天的来临和花卉浪潮的涌现也是如此。即使在一年里不同时节的奉献中，我们完全了解到应该在三月或者四月而不是十月去找报春花，但当看到早春的报春花我们的喜悦也不会有所减弱。我们还知道苹果树在结果之前开花而不是在其后，但这丝毫不会减少我们在五月的果园里度过美妙的假日时所感到的惊讶。

同时，每年春季重新了解许多花卉的名字或许有一种特别的乐趣，这正像重读一本差不多已经忘记的书籍一样。蒙田[1]告诉我们说他的记忆力不好，以致他读一本读过的书像是从没有读过一样。我本人的记忆力也是变幻无常，经常遗

---

〔1〕蒙田（1533-1592），法国思想家、散文家，主要著作为《随笔集》，被普遍认为是现代散文的创始人。

忘东西。我读《哈姆雷特》剧本和《匹克威克外传》会感到它们是新作家的作品，刚刚出版，一次阅读与另一次阅读之间许多内容都忘却了。有些时候这种记忆是令人苦恼的事，尤其是当一个人热衷于事情的准确无误时。但是只有当生命除了娱乐之外还有一种目的才会发生这种情况。就单纯的享受而言，记忆力差是否不像记忆力强可资谈论的那么多，还真说不准呢。一个人记忆力差可以终生持续阅读普鲁塔克[1]和《天方夜谭》。即使最差的记忆也会留存一些零碎的东西和残片，这正像一群绵羊一只接着一只越过树篱间的豁

一种无知的财富在等待他

[1]普鲁塔克（约46—约120），古希腊传记作家、散文家。一生写有大量作品，代表作有《列传》。

缝，而不会不在树刺上留下几束羊毛一样。但是，绵羊本身是逃脱了，伟大的作家也以同样的方式从懒散的记忆中跳出，而几乎没有留下什么东西。

那么，假如我们能够忘记书本，这就像月份一旦过去，我们便忘记了它们和它们呈现给我们的景象，一样是容易的。就在此刻我告诉自己说我对于五月像对乘法表那样熟悉，可以通过有关花卉、花的样貌和它们开花的顺序的考试。今天我可

人无知的领域很宽阔

以充满自信地确认金凤花有五个花瓣。（或许是六个吗？上周我刚确定下来。）但是明年我可能又忘记这些数字了，我可能必须重新学习才不至于搞错金凤花和白屈菜。我将会再一次以一个陌生人的眼光把世界作为一座花园来观察，色彩斑斓的田野使我惊奇万分。我将会发现自己很想弄清楚是科学还是无知认定褐雨燕（那黑色的被夸大了的燕子[1]，然而却是蜂鸟的亲属）从来也没有在一个鸟巢上停留过，而是消失在夜空的高处。我会怀着一种从未有过的惊奇了解到是雄布谷鸟而不是雌布谷鸟才鸣叫。我可能必须重新学会不把剪秋萝看作野天竺葵，而且重新发现白蜡树在树木的成规中是来得早些还是晚些[2]。一位当代英国小说家曾经被外国人问到英国最重要的农作物是什么，他一刻也没有迟疑便回答道："黑麦。"像这样完完全全的无知[3]在我看来似乎带上了一种恢宏的色彩，然而，即使是未受过教育的人，不知道的东西也是很多的。使用电话的普通人不能解释清楚电话是如何工作的。他把电话、火车、行型活字铸造机和飞机看作理所当然地应该那样，正如我们的祖辈把福音书中的奇迹看作理所当然一样。他既不对它

[1] 褐雨燕，长距离飞行最快的动物，一般速度每小时110至190公里。褐雨燕外观很像燕子，但它们不是亲属。

[2] 白蜡树，梣属落叶乔木，是春季树叶长出最晚而在秋季树叶最迟掉落的树种之一。

[3] 英国的主要农作物包括小麦、大麦、土豆、甜菜和燕麦，人们吃得最多的粮食作物中包括土豆。

们提出质疑，也不懂得它们。我们每个人似乎仅仅研究了一个小范围里的事实，并把这些事实变成了自己所有。日常生活之外的知识被大多数人看作是华而不实的东西。然而，我们还在不断地同我们的无知做斗争。我们不时地激励自己并且思索一些问题。我们因为思考而感到欢欣不已，无论是什么问题，是思考人死亡之后的生命，还是据说曾经困惑亚里士多德的"为什么从中午到午夜打喷嚏是好事，而从夜晚到中午打喷嚏是不吉利的"诸如此类的问题。人所知道的最大的快乐是在寻求知识时把自己迅速地置于无知之中。无知的最大乐趣说到底是提出问题的乐趣。一个人如果已经失去了这种乐趣，或者代之以恪守信条的乐趣——这是一种回答问题的乐趣——那么他这个人就已经开始僵化了。人们嫉妒像乔伊特[1]这种勤学好问之人，他在六十多岁时还能安下心来致力于生理学的研究。我们中的多数人还远远没有达到这个年龄就失去了对无知的意识。我们甚至为自己有像松鼠所积攒的那么一点知识而自负，而且把增长的年龄本身看作是无所不知的学校。我们忘记了苏格拉底以智慧闻名不是因为他无所不知，而是因为他70岁上还认识到自己依然一无所知。

〔1〕本杰明·乔伊特（1817-1893），英国教士，古典学家和教育家，以翻译柏拉图著作而知名。

道德

在这个国家里存在着一种道德复活的严重危险。我知道，道德有两种，而只有一种是恶行；不幸的是，正是这后一种有复活的危险，这就是宣泄义愤的人的道德。这是一种不仅仅满足于道德地对待上帝荣耀的道德。它对单纯的美丽和圣人的善行没有耐心。在宣泄义愤的人眼里，道德几乎难以值得被称作道德，除非它像一头咆哮的雄狮，去寻找什么人可以吞食掉。按照这种观点，道德就是发现恶行的侦探、审判官和鞭打者，对于那些如此不得人心，以至于暴民很容易被劝说去攻击的恶行，情况尤其是这样。我想，这两种道德最主要的区别在于，真正的道德把暴民精神看作敌人，而假冒的道德（如果我们可以用莎士比亚的词语的话^[1]）则把暴民像亲戚或者是伙伴那样依赖着。显然，要具有后一种意义上的道德，就像追捕老鼠和猫那样容易。这种道德在人的胸膛中永远只是一名猎人，双眼因猎物闪闪发光。它是摩德斯通先生^[2]的道德——施虐者的道德。它是那种对邻居的罪过比对自己的更感到愤怒的温暖着每个人胸怀的道德。假若道德仅仅是一腔撒向我们邻居罪过的怒火，那么世界上还有什么人竟如此卑鄙，连这样的道德也没有呢？要具有这样的道德简直像撒谎一样容易。避开这种道德的人不是因为缺乏勇气，而是出于一种选择。我们曾经读到过从前女人被捉到通奸时普遍使用的一种刑具浸水椅^[3]；野蛮的暴民们可能以为，一心扑在这种娱乐之中是在补偿长期以来对道德的忽视，作为个人，他们已经使她受到道德的惩戒了。他们可能不曾是道德的爱好者，但他们至少能够成为道德的打手。道德本身毕竟与一种坏的娱乐扯不上关系，但当追逐、踢打、捶击和叫喊被弄成这种游戏的主要部分，情形就是如此。比较而言，放狗去追猎野兔就算不得什么。人享受追猎的乐趣从来没有上升到心醉神迷的程度，除非他的受害者是

〔1〕假冒的道德（simular［of］virtue），莎士比亚《李尔王》第3幕第2场中所用的词语，朱生豪先生在剧中将其译作"道貌岸然的逆伦禽兽"（《莎士比亚全集》下卷，1307页，大众文艺出版社，1999年5月）

〔2〕狄更斯代表作《大卫·科波菲尔》中的人物，一位冷酷、凶狠、贪婪的商人，大卫·科波菲尔的继父。

〔3〕浸水椅，15-18世纪的一种刑具，把一长条凳悬于池塘上，末端系一小椅，将奸妇等缚于其上，浸入水中。

无知的乐趣
low reading

人。诗人说，人对人的非人性行径使成千上万的人哀痛万分。但是，也想一想许许多多借由这种非人性的行为获得快感的那些人！我们应该一直记住将人钉死在十字架上曾是一种非常流行的事件，在其他任何地方都不及在义愤宣泄者中间更常见。假使这些义愤宣泄者没有和暴民紧密地联合起来，这种事情可能永远也不会发生。

公平地说，宣泄义愤者和暴民也没有毫无道理地坚持认为他们的受害者一定是坏人。有益的追猎甚至在圣人中间也会有，况且，谁又不喜爱看一位主要因其品格无瑕而出类拔萃的人含垢受辱的景象呢？我们没有理由相信在宗教法庭盛行期间被烧死的人们的德行会比他们的邻居要差，但是，我们听说，暴民们通常满怀激情地聚集在火堆周围跳舞。这种破坏性的本能是如此之强烈，以至在某些情绪驱使下不管什么样的人它都要毁灭，这恰如幼犬的破坏天性在某些情绪下随时会毁坏不管什么样的书籍——无论是斯迈尔斯[1]的《自己拯救自己》或是《莫班小姐》[2]——都完全无关紧要。那些宣泄义愤的人靠着一直不停地煽动和助长这种破坏的欲望来保持他们的能量。由此，如果我们感到义愤时，还是问一下自己这是不是我们道德的极限和终点为好。难道我们自己没有罪过要改，才一

〔1〕塞缪尔·斯迈尔斯（1812-1904），英国作家、道德学家、社会改革家、现代成功学的鼻祖，主要著作有《自己拯救自己》《品格的力量》《金钱与人生》等。

〔2〕法国作家特奥菲尔·戈蒂埃的小说。

直对着我们邻居的不道德行为叫骂不止吗？如果我们一定要攻击伙伴的不道德行为，从那些我们最受其诱惑而不是我们不想做的开始，不是更崇高的做法吗？不要让酒鬼感到多么有道德，只是因为他能够一心一意地谴责买卖圣职罪；也不要让伪造者——他碰巧因为胃肠虚弱而滴酒不沾——对廉价啤酒酒吧红鼻子的庇护人义愤填膺。我们中的任何人都能养成德行，假如我们把德行仅仅看作只是避开那些对我们没有吸引力的不道德行为。我们中的多数人都可以夸口说，从来也没有对河马残忍过，或者和女淫妖有过交往，或者收受一百万英镑的贿赂从而出卖了朋友。在这几点上我们可以十分有信心地期待着最后审判日的审查。然而，我担心专门记录人的行为善恶供末日审判之用的天使，不见得能给每个人提供多少篇幅来记载我们犯下的罪过而不是没有犯的。如果查尔斯·皮斯[1]只是被控告在教堂争吵而非谋杀，甚至连他也会被宣判无罪。因此，希望火车上的乘客们不要只是满足于幸灾乐祸地盯着那些倒胃口的罪行，而四万七千人都被彭贝尔通·比林先生[2]控告犯了这种罪。道德的攀升之路是陡峭而危险的，如果比林先生和伯托

〔1〕查尔斯·皮斯（1832-1879），英国的一名窃贼和杀人犯，年少时在一次工厂事故中致残，此后走上了犯罪的道路。

〔2〕彭贝尔通·比林（1881-1947），英国飞行员、出版商和独立国会议员。1919年6月，曾协同造假四万七千堕落者的姓名，对其诽谤指控，并获得伦敦中央刑事法庭的支持。

姆利先生^[1]用话语或者伸出双手来帮助英国公众登上积雪的顶峰，人们是的确有理由感谢他们的。然而，可以看到比林先生和伯托姆利先生所做的只是在英国公众的攀登中阻碍他们，给他们演讲平原上的五座城市^[2]以滔天大罪。这对于疲倦的人们来说可能是一种惬意的消遣，但是这显然包含着对于道德的忽视，而不是追求。多数人以为追击罪恶即追求道德。但是，许多年来人们积累的智慧告诉我们，对于恶行唯一可做的就是逃避开它。罗得之妻这个女子过多地回头观望^[3]，看对于那四万七千人来说正在发生着什么。让比林先生和伯托姆利先生多加小心，他们对于平原城市的兴趣会把他们变成盐柱^[4]，而过一千年才会使他们成为社会的栋梁。

至于道德，又该怎样得到它呢？仅仅依靠抹黑世间其余的人，我们不能企望使自己变白。现代作家们告诉我们，甚至不能靠抹黑我们自己来把我们自己变白。他们谴责罪恶感是一种罪，并且告诉我们，对于这种罪除了悔悟之外没有什么要懊悔

---

〔1〕伯托姆利（1860-1933），英国金融家、新闻记者、编辑、报纸业主、国会议员。曾在一战期间以编辑杂志和发表爱国演讲而闻名。1916年伯托姆利帮助彭贝尔通·比林在东哈福德郡的补缺选举中选举为独立国会议员。二人利用报纸宣称在英国存在一个秘密团体，该团体在幕后策划与德国人达成一项和平协议，还应对英国陆军大臣基钦纳之死负有责任。1922年，伯托姆利被判犯欺诈罪，处以七年监禁。

〔2〕〔3〕〔4〕指《圣经·旧约》《创世记》中所讲到的所多玛、蛾摩拉、琐珥等五座城市。因其居民罪恶深重，上帝决定毁灭所多玛和蛾摩拉。亚伯拉罕的侄子罗得被允许带领妻女离开即将毁灭的所多玛。罗得的妻子回过头来看一看，就变成了一根盐柱。

的。我们没有必要只停留在讨论这一点上。我们清楚地知道，只要人的智力（且不说人的良心）还在，人们就会为不完美的意识所困扰并且心怀妒忌地想着伊巴密浓达[1]，或者尤利乌斯·恺撒[2]，或者（阿西西的）圣方济各[3]的高贵。这样，我们甚至要把尤利乌斯·恺撒放在有德行的人之列，尽管恶意中伤的人并不这么做。他的罪恶可能使他秃了顶[4]，并且给他带来遭人暗杀之祸。然而，他具有英雄的品格——勇敢、慷慨并且无报复之心。当我们读到他是如何为自己最大的敌人之死而垂泪不已，他是如何"厌恶地从给他带来庞培[5]头颅的那人身边走开，就像从一个暗杀者身旁走开一样"，我们向他崇高的品格鞠躬致敬，认识到他不只是一个严厉的人和一名奸夫而已。庞培也有这样的道德禀赋——这种避开打败他的敌手

无知的乐趣
low reading

〔1〕伊巴密浓达（约前418-362），希腊第比斯将军，两次击败斯巴达，建立反斯巴达联盟，称霸希腊后进军伯罗奔尼撒，在曼提尼亚战役中阵亡。

〔2〕盖乌斯·尤利乌斯·恺撒（前102-前44），古罗马统帅、政治家和作家。贵族出身。公元前60年，与庞培、克拉苏结成"前三头政治同盟"。后击败庞培，成为罗马独裁者。著有《高卢战记》《内战记》等。

〔3〕（阿西西的）圣方济各（1182-1226），天主教方济各会及方济各女修会创始人，意大利主保圣人，规定修士恪守苦修，麻衣赤足，步行各地宣传"清贫福音"。

〔4〕古罗马传记作家苏埃托尼乌斯，在其所著《诸恺撒生平》和《名人传》中说，恺撒患有癫痫病，并且过早地秃了顶。恺撒很为自己的秃顶苦恼，总是把余下的稀疏头发前梳以图掩盖头顶。

〔5〕庞培（前106-前48），古罗马统帅，著名军事家和政治家。被恺撒打败后逃到埃及，被刺死。

14

所能采取的邪恶手段的能力。他在西班牙俘获了帕平纳[1]，帕平纳向他提供了涉及一桩阴谋的详尽文件，了解这些内容就能把许多最重要的罗马人置于他的控制之下。普鲁塔克写道："帕平纳掌握了塞多留[2]的文件，现在他呈给庞培一些信件，来自罗马一些地位很高的人士，这些人士企望改变现有的体制和颠覆政府，并且已经为此发函邀请塞多留进军意大利。庞培唯恐这件事泄露出去会掀起比已经结束的战争更为激烈的内战，立即处死帕平纳，也不启封阅读就把信件烧掉。"这对于帕平纳来说是过于严厉了，但是，通过焚烧信件一事，庞培至少给了我们道德的榜样。正是普鲁塔克对于这样崇高行为的美的感受使得他的传记成为历代道德的入门读本。他作品中的人物从根本上来说没有一个"好"人。他们中几乎没有一个会被任何教会宣告为圣徒。他们身上有那么多血肉之躯所具有的弱点，以至没法儿满足甚至现代最苛求的小说家的要求。另一方面，他们几乎都具有做出崇高行为的能力，这种能力把高尚的人和卑劣的人区分开来。普鲁塔克从不妄称卑鄙的、肮脏的动机和豪爽高洁的动机在同一个胸膛里奇怪地互相冲撞，但是他对伟人的描写给我们这样的感受，我们面对的是被他们的德救赎而非被他们的恶完全毁灭掉的人物。另一方面，塞多留是

〔1〕帕平纳（Perpenna），古罗马政治家、将军，在塞多留死后保管其文件。公元前72年被恺撒处死。

〔2〕塞多留（塞脱流斯，Sertorius，前122-前72），古罗马将领，两度在高卢作战，在西班牙建立元老院，反叛苏拉，后被谋杀。

那四万七千人的历史学家。他的书可能会被作为恶意中伤的材料而受到欢迎——几乎不会作为对德有所帮助的东西而可取。这里我们有罗马历史上公务员提供的证据，那些阴谋和秘密的罪恶。幸运的是，即使塞多留在写一部罪恶史，但他仁厚而有雅量，并没有说他在做一件有德行的事情。如果我们要写时髦的罪人的故事，那么就让我们至少使他们赤裸裸地暴露，而不是用被玷污的道德的语言装扮起来。恶意的诽谤本身足够有趣了，没有必要再用伪善来装饰它。

最好奇的动物

好奇位居诸罪之首。夏娃屈从于她的好奇心之日，人便断绝了同天使的交往而与兽为伍。今日我们通常赞美好奇，认为有它生活才不会停滞。然而，人类的传统与我们的看法并不一致。神话从未妄断好奇不是一种罪恶。文学中有许许多多的故事，讲的是一些被禁止的区域不能窥视，否则定会带来灾难。《蓝胡子》[1]中的法蒂玛逃脱了惩罚，但也险些惨遭毒手；

〔1〕《蓝胡子》（Bluebeard），法国民间故事。传说中的蓝胡子家道富有，相貌奇丑，长着蓝胡子。他连续六次结婚，妻子均神秘地失踪。他向邻居家的女儿求婚，她们都因为害怕他不敢答应，后来小女儿法蒂玛嫁给了他。一日法蒂玛邀请姐姐和兄弟来家聚会，蓝胡子因事外出，将钥匙全部交给她，交代她不要打开地下室的门。法蒂玛出于好奇，把地下室的门打开，发现了蓝胡子前任妻子们的尸体。蓝胡子归来，要杀死法蒂玛，被其兄弟和姐姐所杀。《蓝胡子》有多种版本，其中童话剧最早在1798年伦敦演出。《格林童话》中亦有蓝胡子的故事。

她几乎不可能的逃脱给了孩子们一个警示。潘多拉[1]传奇的一个版本把人类的状况归咎于一个蠢人的灾难性的好奇上，是她打开了一个圣盒盖子，导致本来打算赐给我们人类的福祉逃脱出来跑掉了。我们对好奇的人已经诅咒了许多世纪，本能地仇恨这样的人，甚至要迫害他们。人类中富有好奇心的人一直冒着生命危险忙着自己的事情。也许雅典像其他任何城市那样曾经十分喜爱好奇，然而雅典人却因为苏格拉底的好奇而处死了他。他被指控推测头顶的天空，探究脚下的大地，并且腐蚀青年，还把荒谬的东西伪辩成正确的东西。历史可以读作是几千年来教条反对好奇的宏大的、无望取胜的拼死搏斗的故事。恪守教条的人总是占多数，因此是令人憎恶的，然而他们总是被打败，因此又总是令人赞美的。它在每一代人中开辟新的战场，重整它的力量。它在黑暗的旗帜下背对着日出作战，但是，即使我们最厌恶它的时候也不能不对它的忍耐力感到惊奇。奇怪的是人出于安全感而坚守着它。他差点领悟不到，拥有前辈传给他的这一小块土地，他才从来没有像当下这么安全。没有印刷的书籍，没有氯仿，没有飞行器，他曾感到十分安全。他嘲笑伊卡罗斯[2]是一个代表人类最愚蠢行为的词。

〔1〕潘多拉（Pandora），希腊神话中主神宙斯因普罗米修斯盗火给人类而图谋报复，命火神用黏土做成的地上的第一个女人。潘多拉将宙斯送给她的一个密封盒子打开，整个世界一刹那间被盒子中释放出来的各种邪灵所充斥而陷于混沌之中，人类从此饱受灾难、瘟疫和祸害的折磨。

〔2〕伊卡罗斯（Icarus），古希腊神话中巧匠代达罗斯（Daedalus）之子，与其父双双以蜡翼粘身飞离克里特岛，因飞得太高，蜡被阳光融化，坠爱琴海而死。

无知的乐趣
slow reading

现在我们说"像英格兰银行一样安全"，但是他感到没有英格兰银行时更安全。我们听说，当英格兰银行1694年成立时，遭到了所有教条主义信奉者的激烈反对，他们坚持事情应该是本来的样子。人们已经进行了最为顽强的斗争，去反对旨在追寻知识的好奇。人们不许伽利略对月亮好奇。最难以让世人承认和接受的诸事之一，就是我们对于事实好奇的权利。教条主义者愿意提供给我们一个有理智的人希望得到的所有事实。如果我们坚持认为还有无数的事实尚未被发现，因此我们有责任着手对其探索，那么在教条主义者那里我们就被蔑视为信奉异端邪说，是江湖骗子。甚至在今天，尽管正统观念的统治地位已经摇摇欲坠，教条主义者仍然在许多核心问题上反对好奇。对于心灵研究的普遍不满正是来源于对新领域好奇的仇恨。承认亡人世界存在的人们，通常感觉这仍然应当是人太过于好奇的才智的禁忌。他们认为关于灵魂有些不可思议的东西，这使得用一种好奇的心理去探究它们会不安全。我不关心是抨击还是保护唯灵论，我只是建议，对于唯灵论的理性的非难，应该建立在为支持它所提出的证据的不充分上，而不是基于从事研究这些证据的好奇本身是邪恶的这一点上。

看到支持教条的人如何装出一副为职责而生活的样子，却把他们同伴中比较有好奇心的人视作无法无天、无聊、不虔诚和自我放纵，这是件奇怪的事情。事实是，再也没有什么比教条更奢华的了，它把显赫卓绝置于愚蠢至极之下。同时，我也不会否认好奇的乐趣。我们只要看一看一只猫抬头望着烟囱，或者是仔细地盯着狭小的储藏室的隐蔽处，又或者是俯视着一个皮箱的一边看看里面有什么东西，就会意识到这是一种

一只猫抬头望着烟囱

罪恶。如果这是一种罪恶的话，这种罪恶是我们从动物那里继承来的。我们从孩子们和其他头脑单纯的人们身上看到这种类似的好奇。仆人们无所事事时，由于好奇，会一个抽屉接着一个抽屉翻找单调乏味的旧信件。有些人宣称没有哪个女人会不读托付给她的信件。我们使自己相信人是一种更高级的动物，摆脱了好奇心，并且受到荣誉感的掌控。然而，人也喜欢暗中监视自己的邻居们，假如他对于他们不是漠不关心的话。严格认真的人，无论男女，没有人会偷偷摸摸去读别人的信件，但是这并不是说我们不想知道信里面写了些什么。看到一个包裹放在大厅里没有拆开，我们很难不去猜想里面装着什么。如果包裹的主人很宽容我们，以至于当着我们的面把包裹打开，我们总是会倍感喜悦。我认识这么一个人，他的好奇涉及的范围很广。他在朋友房子里见到的不管什么药瓶都会把塞子拔掉，嗅一嗅，甚至呷一呷，看它们尝上去味道如何。"我吃过那种药了"，当他细品马钱子碱的苦味时这么说道。"让我看一看，"他思考道，他呷另一瓶酒，"这里面有马钱子。"世界上一半有趣的书正是由这种有着类似啜饮一样好奇的人们写出来的。好奇是蒙田和鲍斯韦尔[1]的主要乐趣。假如我们读一本早期的科学书籍，就不可能不从书的章节中找到好奇的乐趣。我们可以确信，泰奥弗拉斯托斯[2]在写下面这段话时是很快乐的：

> 然而，这里有一个问题适用于所有香味，即为什么当它们从手腕处散发时香味最浓，所以撒香水的人都把香水用在这个部位。

对于此类事情感到好奇会使许多人快乐一个晚上。有些人对于自己的好奇喜爱至深，他们甚至反对用一种显而易见的解释过快地满足他们的好奇。在关于德谟克利特[3]的趣闻轶事

〔1〕鲍斯韦尔（1740-1795），苏格兰作家，著有《约翰逊传》和《科西嘉岛纪实》等。

〔2〕泰奥弗拉斯托斯（前372-前287），古希腊逍遥学派（又称亚里士多德学派）哲学家，著有《植物研究》《品格论》等。

〔3〕德谟克利特（约前460-前370），古希腊唯物主义哲学家，原子唯物论创始人之一。认为人生的真正幸福在于心神宁静。

中有这样一个例子，这是蒙田借用普鲁塔克的。蒙田在故事中把黄瓜换成了无花果。故事讲道："有一次德谟克利特吃了餐桌上的几只无花果，感到其味道如蜂蜜般甜美。他便在心中琢磨果子的这种不寻常的甜味到底是从何而来。为了满足这点儿好奇，他打算从桌边站起来去看一看采摘这些无花果的地方。他的女仆观察到了他的举动，明白他忙乱的原因，微笑着告诉他不用为此费心劳神了。原来她把无花果放到了一个盛过蜂蜜的陶罐里。他大为恼火，因为女仆使他失去了一次深入探索的机会，剥夺了他要对事情的来龙去脉弄个一清二楚的好奇心。他吼道：'你走开！你对不起我。即便如此，我还是要把它看作天然的甜味一样来寻找原因。'他会十分情愿地给这个实际上并不存在的假想找出一个真正的原因。"

小说读者因为有人使他知道了故事结尾的秘密而对人发脾气，这和德谟克利特的感受是一样的。"走开，"他实际上会说，"你对不起我。"孩子对于过多地提供消息的长者也会同样表示反对："你不用告诉我！"他想要在好奇的花园小径上漫步，他不想被匆忙地带离开而走进知识的课堂。他本能地喜爱猜想；他至少喜爱猜想那么一会儿，然后再让人告诉他。

人类大部分好奇像孩子的奇思怪想一样，是赞成它，还是反对它，几乎没有什么可说的。这只是感观上的事，而且是一种极其无害的事情。它是眼睛或者耳朵的一种自负，是被排除在外产生的仇恨的另外一种形式。有这么多的人不喜欢错过什么东西。在星期六空袭期间，我们看到男男女女愿意走那么远而不愿错过什么。许许多多的伦敦人站在大街上或者伫立在他们家的窗户边，凝视着那像是一场埃及瘟疫的来临的场景。天空并没有带着要毁灭一切的更大气势的蝗虫袭来。好像是东部的天空上满是这些可怕的昆虫，它们从容不迫地在人们的头上盘旋，意欲毁掉他们。它们一会儿像鹰一样贪婪，一会儿又像一群小鱼儿一样天真无邪。烟幕弹在它们中间展开来，就像是扔进水里一块海绵。它膨胀增大为更大的云状物，可怕怪异，形状如同医生保存在瓶子里的那些东西。一个人看到一架黑色的小型飞机从它们中间匆匆穿过，那仅仅是一只水生甲虫一样的东西。他很纳闷，不知道会不会发生碰撞使得它们中的一架双翼折损坠落地上。但是，他并不真正清楚这是一架敌机的机动动作还是一架友机的鲁莽作为。从来也没有过比这更惊人的景象了，拼死的一场空战也不会更令人吃惊了。除非没有人去打扰它们！……是呀，这确实是个奇妙的情景。伦敦人在炸弹开始坠落之前把头伸出房子外，就像是龟板下的一只龟一样，这是有道理的。但是，它们来的次数越多，我们对它们的好奇心就越减弱。几年之前，我们乐意付五先令去享受观看一架飞机在一块大的空地上飘弋的乐趣，然而，现在我们甚至对德国飞机的好奇也是有限的。就我本人而言，可以说我的好奇心已经得到了满足。假如它们永不再来，我也不在乎。

野草赞

　　野草，词典上说，是"任何一种无用的、令人讨厌的、有毒的、或者是生长在本不想让其生长的地方的植物"。词典上接着还说，野草是"［口语］香烟、雪茄烟"的意思。为了眼前的目的，我们可以忽略无恶意的口语的意义不谈，野草的定义的其余部分值得深入探究一番。我料想苏格拉底可能会对词典的编纂者提出一些尖锐的问题。他有可能就从两种最为普通的野草——荨麻和蒲公英——开始提问。由于苏格拉底使得他的对手——而且苏格拉底的对手都和舍洛克·福尔摩斯的华生医生有着同样的智力结构——急切地承认荨麻是一种野草，他会立刻使这一定义接受检验。"据说，"他会引用克拉克·纳特尔夫人[1]那令人钦佩的著作《野花葳蕤图册》里的话，说道："罗马士兵把最为有毒的大荨麻带到英格兰来。海岛上的冬天对于他们来说是极度寒冷的；他们被冻得麻木时就用它们抽打自己。"他会引用同样的资料接着说，"可以肯定的是，医生有一个时期用荨麻来刺激麻痹的肢体使其恢复活力，再者用荨麻治愈风湿病。"鉴于此，"他会问道："不就可以说，或者荨麻不是一种野草，或者你关于野草的定义是错误的吗？"然而，他的反对者肯定会回答："哦，苏格拉底，不能得出这样的结论。"但是另一名反对者会急不可耐地接着争论下去。他会指出，即使罗马人有一种错误的看法，以为荨麻的刺激对于预防冻脚是有用的；更有甚者，假如我们的祖先因为迷信，用它们治愈了风湿病，正如我们同时代的人因为迷信而采用蜜蜂叮蜇的办法来达到同样的目的，荨麻或许过去一直都是无用的，今天当然也是无用的。苏格拉底会转向他，面带温和的微笑，问道："当我们说一种植物是无用的，我们仅仅是指我们实际上没有使用它，还是指我们尽管使用了它而它没有用处呢？"答案会一跃而出："哦，苏格拉底，毫无疑问是后者。"那么苏格拉底会再次记起纳特尔夫人，并且会提及一种古老的草药书，该书声称每日吃下几颗荨麻籽，"过度肥胖便会减轻"。他会承认他从未对这种治疗方法进行过试验，因为

---

〔1〕克拉克·纳特尔夫人（1868-1929），英国植物学家，为首批在英国大学获取理学学士学位的女性之一，所著《野花葳蕤图册》（Wild Flowers as They Grow）七卷，1911年至1914年在伦敦出版。

他从未有要舍弃神明认为适合赋予他肥胖的意愿。然而，他会声称荨麻已经被证明可以用作一款食物；在苏格兰它曾经是一种人们特别喜爱的植物，在爱尔兰饥荒期间它帮助搭救过许多人的性命，甚至在新近的战争中它也曾经被推荐作为菠菜的最好的替代品。他会问："我们难道不可以这样说吗，你说荨麻没有用仅仅是因为你本人没有使用过它？""哦，苏格拉底，看起来你是对的。""那么，仅仅因为你本人还没有使用过飞机就说飞机没有用吗？或者，只是因为你不吃猪肉就说猪没有用吗？"反对者当中人们会大摇其头。此后，第三位反对者会鼓起勇气说："哦，苏格拉底，就我们今日对荨麻的了解而言，荨麻只是有害的植物，除了刺痛我们的孩子之外不起别的什么作用，不是吗？"苏格拉底停了一会儿，说道："这实在是一个值得认真思考的论点。那么，你认为一种野草之所以受到责难不是因为它没有用处，而是因为它有毒吗？"人们会同意这一点。他会继续提出问题："那么，你或许会把舟形乌头称作野草，因为它不仅仅会引起疼痛，甚至还会使许多孩子死亡。"听了这话，他的反对者会生气，并且大叫道："噢，我在自己的花园里就种植了舟形乌头，它是最美丽的花之一。"在是否以丑陋作为检验野草的标准这一问题上一定会有些争论，直到苏格拉底弄清楚这会包括从单子上略去（药用）婆婆纳和海绿。还有人会坚持说野草之所以是野草本质是其令人厌烦的性质。但是苏格拉底会反对这一说法，他会问他们辣根是否不是花园中比毛地黄更令人厌烦得多的植物。"啊，"争论者中会有人绝望地叫喊："那么我们就只说野草就是生长在人们不愿让其生长的地方的植物好了。""你会把生长在一个不

无知的乐趣
flow reading

养金丝雀的人的花园里的千里光叫作野草，而在一个养金丝雀的人的花园里就不叫野草吗？""我会这样做的。"听到这话苏格拉底会发笑，他说："在我看来，对野草下定义似乎比对公正下定义还要困难。我们最好改变话题谈一谈灵魂的永存吧。"实在的，关于野草的定义中经得住一段时间检验的部分就包含在"［口语］香烟、雪茄烟"几个词之中。

在我看来，最安全可靠的办法就是把所有野生的植物都包含在野草之内，并且还有一点很重要，那就是放弃野草必定是有害的因此必须像耗子一样被消灭掉这一看法。我记得几年前看到过一则令人震惊的建议，说农民应当由法律强制他们清除地里的野草。如果我没记错的话，提建议的人盼望着有那么一天，如果在一个农民的一块地里发现长着一株雏菊，那农民就要被处以罚金。你不敢想象这种功利主义是多么可怕。有一些人被一种使用简化了的拼写的世界前景吓坏了，然而，一个拼写简化了的世界同一个没有野花的世界相比就是阿卡狄亚[1]那样的世外桃源了。但是，按照《泰晤士报》某些作者的说法，我们面临着一个没有野花的世界的可能性，即使是国家农业局不参与这件事。这些作者告诉我们，不顾后果地拔除野花草已经使它们的数量大大减少。在英格兰的许多地方都有野生的黄水仙，但是当它们一出现，成群结队的度假者就会冲到跟前大量采摘，以至伤害了这些植物的生命。我对植物学了解得

野草赞

〔1〕Arcadia，古希腊一山区，在今伯罗奔尼撒半岛中部，以其居民过田园牧歌式淳朴生活著称。

不多，不知道这样做是否有可能阻挠由鳞茎长成的花的生长。如果确实如此，随着乡村漫步的日益盛行，看起来很有可能过一段时间英格兰就不再会有黄水仙和红门兰了。假如一个人相信这一点，他再也不会拔对叶兰了。不清楚为什么有人要拔它，除非是因为这种花呈蜂形，是大自然的玩物中最精美的，所以人才渴望占有它。孩子们设法捕捉蝴蝶也出于同样的原因。设想假如有可能捕捉到一抹斜阳或者一汪蓝色的海洋，毫无疑问，我们也会把它们带回家的。或许艺术就是抓住我们所看到的一切美丽的东西，并据为己有这种转化了的本能。鸟蛋收藏者和画家都是收藏一种美的人，这种美只能让人感觉到一丁点儿。画家仿效的作品实际上增加了美丽之物的数量，这一事实证明画家是做得正确的。如果我们能够证明收藏鸟蛋和采摘花卉的人贪婪中的作为是反社会的，我们就不可能对他们这么热情了。我承认在这些事情上我并无成见。《泰晤士报》上关于野花的议论可能仅仅是一场虚惊，谁知道呢。同时，看上去有理由相信，假如由种子繁殖的花一出现就被采摘起来，那么用不了太久就不会有花卉生长了。我注意到有人提出这么一项建议，大意是说喜爱花的人给自己准备一些种子，他们在乡间漫步时把种子撒在它们有希望生长的地方。我不喜欢这种代表大自然做出的策划。另外，这有可能导致一些相当困难的景况。如果这种普遍的播种方法成为一个原则性的问题的话，我就有可能，譬如说，在我邻居家的网球草地上种上雏菊，在他的小麦田里种上罂粟和蓝堇，在他的牧草地里种上蒲公英。这并不是说我把蒲公英作为一种花而专注于它，尽管它因其美丽而受到夸赞，而是在其生长较晚时期，一个有着许许多多蒲公

无知的乐趣
low reading

英短茸毛头的草地对我来说好像是最美丽的景象之一。然而，我还要更进一步。我绝不会看到一面山坡被耕种起来，而不在夜间出去在山坡上播下荆豆和蓟的种子的。这并不是说我对农民怀有敌意，而是据说长着许多荆豆和蓟的荒地减少，已经引起了红雀和金翅雀数量的减少[1]。或许农民没有红雀和金翅雀也行，但是我们这些以其他方式谋生的人却不行。如果需要的话，我会在农民的麦子中间撒下稗子，假如我相信稗子会吸引文须雀或者是金黄鹂的话。

虽然如此，我还是不能轻易说服自己相信甚至于现在有必要建立保护野草的协会。我对野草抱有很大信心，如果给予它们公平的机会的话，我会支持它们同我所知道的任何培育的花卉和栽培的蔬菜竞争。有过花园的人都知道必须付出辛劳才能阻止荠菜、繁缕、蒲公英、泽漆、山柳菊和缬草的生长，而要阻止莴苣和马铃薯的生长人们就不必花这么多的气力。就我本人而言，用通俗的词句来表达，我应该每一次都支持荠菜同莴苣相抗衡。如果花园的野草未能让我们喜气洋洋，那不是因为它们是野草，而是因为它们不是合适的野草。为什么不是欧亚活血丹而是荠菜，那种稀疏的侵入者，那种不仅是野草而且看起来也是野草样子的东西？为什么不是用对叶兰代替泽漆，用龙胆代替繁缕？我对于生长在苹果树下的毛地黄或者是长着常

〔1〕红雀和金翅雀喜欢以荆豆和蓟的种子作为食物。由于荒地减少，生长在荒地上的荆豆和蓟大量减少，食物的匮乏也就引起了红雀和金翅雀的大量减少。

春藤叶子的柳穿鱼——它长着小精灵般的花朵，从墙上的每个缝隙间垂下——无可挑剔，但是我对蒲公英和生长过剩的千里光心存异议。我保证，如果匍匐芒柄花、山萝卜和麦仙翁侵入花园，我绝不会把它们锄掉。不仅如此，假如有合适的野草在花园里安下家来，我就不再种植别的花卉了。但是荠菜又如何啊！与其相比，甘蓝是女傧相的小花束，而嫩花茎椰菜就是献给音乐会首席女歌手的花束了。毕竟应该允许一个人选择他自己花园里的野草。于是，他一旦选择了它们，就不再称它们为野草。长春花、樱草和锦葵——我们不用言词伤害它们，就像我们不用锄头锄掉它们一样。或许这就是提醒我们有可能给野草下的唯一定义。野草是一种我们锄掉或者设法锄掉的植物，而花卉和蔬菜是锄头有意放过的植物。但是尽管有锄头，野草还是会活下去的。它们像附属种族一样存活下来，并且繁衍增殖。……哦，或许野草胜过天竺葵。

等待正式出庭的陪审员

　　火车上挤满了陪审员，他们中的每个人都在说着这样的话："这是个耻辱""这是十足的丑闻""没有别的哪个国家会忍受得了这个"，还有，"我们都在这里抱怨，但是对此我们又会做什么呢？什么也不会做。英国的事儿就是这样"。他们在抱怨的不是施加给一个囚犯的任何不公正的行为，他们在抱怨自己受到的虐待。有五十名或者六十名陪审员从郡的四面八方被召唤了过来，就被安置在法庭后面的楼座下面。他们整天待在那里，甚至没有地方让所有的人都坐得下，当然也没有足够的空间让所有的人都顺畅地呼吸。对于法庭的书记官来说，要在每天的头十分钟挑选出十二个陪审员，并且将其余的人打发掉本来是件容易的事。如果需要的话，他还可以挑选出一个后备陪审团，另外再挑选出一个陪审团参加第二天案件的审理。然而，法律酷爱消耗，于是就有许多中年人要两个整天离开他们的事务，被迫坐在污浊的空气中，坐在板凳上，这在票价最低的剧场顶层楼座也是不能容忍的。他们除了注视着连绵不断的一列律师和犯重婚罪的人的后脑勺子之外，什么也干不了。

我想，要是有什么合理的借口把他们留在那里，很少会有陪审员抱怨的。他们如此激烈地反对，是因为根本不用他们，而且留他们在那里两天；尽管任何人都一定会很清楚他们中的多数人不妨待在家里。然而，也许在这种现行的把一群不需要的陪审员征召在一起的方式下有着某种重大的目的。或者这是对于中年人的一种强制教育方式。这让他们看到运转中的法律机器，而且在某种程度上能够使他们从自己的观察中说明这一机器是以一种公正、人性的精神还是以一种严酷、惩罚性的精神在运转着。一个人不可能在巡回审判庭上听完一个接着一个的刑事犯罪案件，而不获得相当多的材料以对这件事情做出判断。一位等待正式出庭的陪审员，当他看到一位受审中的孕妇晕厥过去，或者看到一个人佝偻着身子，高高隆起的南瓜形状的背连着脑袋，被带离走下黑暗的楼梯去服五年的劳役监禁，他就成了一名英国司法制度的尖锐批评家，而这种司法制度在此之前对他而言不过只是一个词语而已。对英国司法制度加以检验会是个什么样子呢？嗯，可能这名法官是一位特别仁慈的法官，可能这个郡的警察都是些特别仁慈的警察，但是我承认，尽管我十分憎恶其他人的夸耀，我离去时的印象是，夸耀英国的司法制度是有道理的。我不相信在政治家嘴里这种司法制度无论如何总是正确的，因为他们利用它来为自己的不公正行为辩解。我也不相信所有的法官和所有的陪审员在涉及政治问题的案件中会做出不带政治偏见的裁决。然而，在普通案件的审理中，如誓词所言，"在至高无上的王与被告之间"[1]——在我看来，如果我两天的经验可以作为代表性的情况看待的话，英国的司法不仅是公正的而且是宽大仁慈的。

证据或许并不充分，这反映在大多数案件中宣判都推迟了。但是使人满意的是起诉中和在警察的证据中普遍地少有具有惩罚性的东西。一个犯重婚罪的人一登上被告席——显然有川流不息这样的人——当地的警察没有不立即对他的品格做一番光鲜亮丽的证明的。郡里的警察局长进入证人席，证明一名犯重婚罪的人"可以信赖"，是一位"很好的工作人员"，如此等等。一名警察会说到另一名犯重婚罪的人："他涉及两个女人的品行总的来说都是好的。"律师们自然会详细讲述多数人的兵役记录。一旦当事人已经表示服罪时，律师们甚至会请求法官记住站在他面前的这个人历史上没有污点。法官会打断律师的话，说："但是，等一下，等一下，你知道重婚罪可是一宗严重的罪行啊。"律师会紧张不安地回答道："我很赞同尊敬的阁下的话，但是我恳求你考虑到犯人是被他对这个女人的爱给弄昏了头。"这时法官总是会十分愤慨。他是一位小个子，长着粗大的眉毛、大鼻子、大嘴巴和白色连鬓胡子。他的连鬓胡子使他看上去很像戴着假发身着红色制服的马修·阿诺

---

[1] 法庭上陪审员的誓词中说，要在"至高无上的王与受到控告的犯人之间"严肃真实地进行审讯，按照证据做出真实的判决。证人的誓词则表示"在至高无上的王与犯人之间"提供给法庭和陪审员的证据是真实的，是完完全全的事实。

德[1]，不同的是他看起来不像正超然于这场战事。他热情地表明自己的看法："你告诉我说他爱这个女人，而他承认他骗她和他结了婚，而且在结婚证书里面谎称自己是个单身汉。"辩护律师会再次神经不安地赞同法官阁下的说法。他的当事人欺骗那女人是做了错事，但是在三次判决中他会找到另外一种方式把犯人生动地描绘成差不多就是年轻人的榜样。当然，重婚罪犯罪数量的大量增加至少证明所有关于婚姻关系越来越冷漠的谈论都是空话。无论我们怎么看待犯重婚罪的人——况且害群之马到处都有——这位犯重婚罪的人明显是个多次结婚的人。我应该说，他是一个对于家庭生活爱好的能力过度发展的人；仅只是道德败坏的人，正像我们大多数人对他了解的那样，不要求法律对他的不道德行为做认可。他不像犯重婚罪的人那样感觉到需要一个如同在家里一样舒适自在的地方。这看起来十分清楚，重婚罪犯罪数量的增加主要是由于战争。战争不仅给了男人们过去从来没有过的从一处到另一处的机会，而且使得他们能够身着军服流动，对于一颗易受影响的女人的心来说，这本身就是一张通行证。男人们过去从未这么受人羡慕

无知的乐趣
Flow reading

〔1〕马修·阿诺德（1822-1888）英国诗人、文学批评家、教育家，拉格比公学校长，教育家、历史学家托马斯·阿诺德之子。诗集包括《迷路的狂欢者》，其他诗歌作品有《诗集：第二系列》《梅罗珀：一个悲剧》《多佛海滩》等。文学评论著作有《评荷马作品的翻译》《文学与无政府状态》《文学与教条》等。

过，他们从未有过这么广泛的选择来同女性结交。克莱夫〔1〕在一个很有名的场合说："我还很惊讶我自己为什么那么克制呢？"〔2〕许多犯重婚罪的人在有着这种逻辑思维的今日，站在被告席上都能够认真地给出这同样的托辞。但是他们不管什么人，所能说的最多的是他们以为第一任妻子死了，或者是这个妻子想把孩子们培养成罗马天主教徒。

第一宗重婚罪案中犯人的第一任妻子走进了证人席。我看到了一幅对我来说不可思议的情景——那是一位50岁的英国女人，她既不能读也不能写，红头发，眼泪汪汪，疲惫不堪，她甚至不知道一年里的月份。她说有封电报曾经发给了她的丈夫，说她二月份病危。律师问："是今年还是去年的事？"她说："我不知道，长官。"法官说："嗨，嗨，你一定清楚你是今年还是去年病危过。"她声音颤抖着回答说："你看，长

〔1〕罗伯特·克莱夫（1725-1774），英国殖民者，一位集冒险家、军事家、外交家和政治家于一身的人物。国会议员。孟加拉省督（1758-1760，1765-1767）。17岁进入东印度公司。早年参加英国与法国在印度的争霸战争，1757年普拉西战役后，建立英国对孟加拉的统治。总督任内建立"双重管理制度"，手段凶狠残暴。后因统治集团内部矛盾而自杀。

〔2〕克莱夫在印度大肆掠夺，还聚集了大量的个人财富。1772年国会对东印度公司在印度的行为进行质询，也对克莱夫本人的巨额财富提出质疑。克莱夫为自己的行为辩护，在国会上坦言："在我的脚下有富裕的城市，我们手中有强大的国家，在我一个人的面前打开了充满金条银锭和珍珠宝石的宝库。我总共取了20万英镑。诸位先生，直到现在我还很惊讶我自己为什么那么克制呢？"这次听证突显了对东印度公司改革的必要。然而，对克莱夫的指责却未获通过。

官，我又不是个有文化的人，我不能简直说不出来的[1]，长官。”她想出了一个巧主意，“我住医院的材料能说清楚日子，长官。”她从口袋取出一份证明，上面说她1919年9月在一家医院接受了一场手术。从她身上所能得到的讯息也就只有这么多了。另一方的律师站起身来盘问她日期的事。“你说你九月份做了一次手术。最近这两年里你还在其他时间卧床不起过吗？”“没有过，长官。”“但是，你曾经起誓说二月份你病了，那个时候有一份电报送给了你的丈夫，是吗？”“是的，长官。”“现在你说除了九月份之外你没有在其他任何时间病过？”“是的，长官。”“这么说你二月份没有病过？”“长官，不对，是病过，我患了流感。”她就像《我们是七个人》[2]中那个孩子似的对这一切十分固执。她一直不停地要我们相信她不是一个有文化的人。她的丈夫说他收到过一封信，说她死了，尽管他把那封信弄丢了，他还是就他所能记得的内容详细地复述了这封信。那是一封写得很漂亮的信，表达了她临终时他不在她身边的遗憾，就此，写信的人相信，无论双方有过什么过错也都原谅了。法官问那女人：“可你从未死亡呀？”“没有死过，长官。”她用那同样的《我们是七

　　[1]该女子是个没有文化的人，她想表达的意思是“我不能说得出来”。但她却说成“I couldn't, ardly tell, sir.”
　　[2]也即《我们七个》（We are Seven），英国诗人威廉·华兹华斯的诗作，收录在他的《抒情歌谣集》中。诗中写了一位成年人和一名“乡村少女”的对话，讨论的是与那位少女居住在一起的兄弟姊妹的人数上。少女坚持她死去的两名兄弟姊妹也应该包括在内。

个人》中严肃的口吻回答说。

　　一个姑娘被带上了被告席，她被控偷了一张邮政储蓄银行的存款单。一名警察作证时说："一直到12月6日她都在**威克斯**（和伙伴们在一起）。"[1]"你是说，"法官被姑娘姣好的外貌弄得十分迷惑不解，"她原来在**沃克豪斯**（济贫院）！"[2]"是和伙伴们在一起，我尊敬的阁下。""我想他的意思是**奥意尔艾俄弗奥斯**，"[3]控方律师帮助法官摆脱了困惑。于是"皇家空军女子服务队"[4]这个词语就在法庭到处传开了。那姑娘有罪，但是法官告诉她说，他不准备送她进监狱。"我认为那对你不会有什么好处，我认为社会利益也不要求这么做，"他说，"我要做的是要你具结保证如果传唤你就出庭受审。现在回家去吧，做一个好姑娘。如果你做到了，你就再也不会听到关于这个案子的任何事了。你已经做了一件很不光彩的事，但是你能在将来用好的品行使人们忘却你以前的丑闻。"还有一个小偷，是一个18岁的男孩，他3岁时就被母亲遗弃了。法官也告诉他——尽管不是用的这些

　　[1][2][3][4]警察作证时说，那女孩子"12月6日前一直和伙伴们在一起"（"Until the 6ᵗʰ of December she was in the Wacks."）。Wack，利物浦和英国中部地区的方言，意思是 friend, pal（朋友，伙伴），She was in the Wacks 意思是 She was with her friends. Wacks 发音如**威克斯**，似乎由于警察发音问题，法官误以为是workhouse（**沃克豪斯**，济贫院、贫民习艺所），控方律师以为是the Royal Air Force（皇家空军，读音如**奥意尔艾俄弗奥斯**），于是"Wraf"（Woman's Royal Air Force 的缩写，意为［英国］皇家空军女子服务队）一词便在法庭上众口相传。

话——回家去，不要再犯罪了。还有一个男孩，他伪造了父亲同意他结婚的证件，他和非常年轻的妻子就像孩子似的被教训了一顿，然后就回家去改过自新了。法官对那男孩说："这种事你看起来不会再干了。"他的妻子怀孕了，昏厥了，不得不从被告席上抬了下去。律师不敢说她怀孩子了，便说她"有喜了"[1]。法律的节制真是不可思议。

最为有趣的犯人中有一个脑袋光滑的小个头的人，他被控告犯了诈骗罪。他不停地晃动自己的脑袋，就像一只乌龟把头伸出龟甲那样。他的脑袋上不是秃得闪着光，就是黑得闪着光。他戴着一副金框眼镜，面色灰黄。他的两只手像爬虫似的顺平地在被告席前方的球形把手上滑动着。他曾使许多商人和旅馆经营人相信他是一位英国贵族。他甚至曾向一名店主抱怨皮夹子太小，因为他需要更大一点的东西来装与他贵族爵位有关的地契。还有另外一宗案件，一个年轻人住在一家住宅里，除了别的东西，还偷了女房东的假牙、她最好的服装和大量的内衣裤。一包衣服在一家旧货店里被重新找到，在法庭上拿给证人席上的那位女士看。她拿起一件外套，用手指抚摸了一下。原告律师鼓励着她问："喔，这是你最好的服装吗？""不是，"她情绪忧郁地说，"这是我的**依波伦**（围

〔1〕他说她"有喜了"。（He said that she was "in a certain condition."）这是一种表示某女子怀孕了的委婉说法。

腰）。"[1]接着还有一个年轻人，他用左轮手枪瞄准一辆摩托车主的脑袋，把车抢走了。他坚持说他已经向那车主道了歉，说对他太粗鲁无礼了。此后两个人很友好，那人还要他把摩托车骑走，晚些时候再付款。哎呀！人的轻信是有限度的。再者，那年轻人是个歪歪嘴。在法庭待了两天之后，一个人开始相信只要看着一个人，他就能说出来他是一个诚实的人还是一个说谎的人。或许他过于自信了。

[1] 女房东由于没有文化，把apron（围裙，围腰，发音如**唉波伦**）说成了ypron（**依波伦**）。她的整个回答是 "Naoh, that's me ypron."

鲱鱼船队

信仰基督教的人最不可能感到厌烦的景象便是海港了。数百年之后，可能会有飞往星星的出发点，我们的孩子们的孩子的孩子以至他们的子孙后代可能会把船只看作一种徐徐爬行的东西，几乎不会比一条蠕虫有更大的冒险性。而同时，每一个海港都给我们一种如果不是身在宇宙尽头就是身在大地尽头的感觉。这比起一座森林的入口或者光秃秃的小山顶上一条河流的源头，更是一个无限宽广的空间的起始。搁浅在港口岸边海滩上最脏的煤船只是一条巨大而笨重的船，装载着实用的东西，这些东西由脏兮兮的人用脏兮兮的运煤的车载走。连这样的大船在一两天之后也会随着高涨的潮水，从泥淖中挣脱出来，像一个精灵似的飘向远方，融入落日，或者是向着北极星行屈膝礼。神秘的气氛笼罩着海洋。每条船都驶向神秘的远方[1]。这也许就是为什么人们愿意日复一日地站在码头外端盯着海水和船只，注视着船员在甲板上跑来跑去，拉动船帆的绳索的原因。

我们可能没有理由相信渔船是开始无尽的航行的梦想之船。然而，哪怕在一个渔村里依然总会有观看的男人们和女人们集合在码头上。每天人群聚集在一起观看海港醒来，开始新的一天的生活，人们忙碌着，开始他们在鱼的族群中的活动。白天渔船并排地停靠在港口里，更确切地说，就像马厩里的马匹肩并肩地站在那里。它们有两排，在浅水处形成了桅杆的营地。在港湾的其他地方，白色的轻便快艇三三两两一伙，船底就落座在沙子上。桅杆原本静静地懒散地向一侧倾斜着，当海水缓慢地上涨时，桅杆开始活动起来。接着，随着大海每一次新的涌动，所有的船只都在舞动着。很快整个海港都醒过来，欢乐着，那每一根桅杆都好像是一座教堂的尖塔，上面的钟儿奏出洪亮的响声。等不了多久渔夫们就来到了。你会在每一条铺着小圆石块狭窄的小路上遇到他们。渔夫穿着高筒靴踏在石头上发出的声音是那么威武雄壮！他的靴子踏在路上着实要擦出火花来。他像是用一把锤子捶击着大地，整个大地都嗡嗡响着。人们看到过这些靴子早晨悬挂在那渔夫的房子外面，那时他还在睡觉。这些靴子给擦上了油，留在房外晾干。它们怪模怪样的，还保持着他下肢的形状和膝盖的弯曲状态，看上去似

鲱鱼船队

[1]神秘的远方（Thule），极北之地，古人相信存在于世界北端的国家，古代指冰岛、挪威等地；也可以表示"世界的尽头""神秘的地方"。

乎是他在进房前把两条腿卸掉挂在墙上一样。然而，渔夫并非只是穿着靴子才是英雄，他穿的外套其雄伟程度一点儿不比高筒靴逊色。外套可能是黄色油布做的，或者栗色的，又或者是染白的、蓝色的，露出穿在下面的蓝色毛织运动衫，或许在喉咙处扎着红色毛线围巾或者是红底绿点围巾。他还没有学会含蓄地使用色彩，在他的靴子口外面你甚至可以看到针织的红裹腿的末端突出到外面来。他的黄色或者黑色防水帽搭盖住他的脖子后部。就这样他来到了港口，就像博览会上的人物一样光彩照人。他来到时又总是在抽着一支烟斗。当一个人注视着他时，就会想知道除了渔夫之外——这时他朝外看去，俯视着港口——还会有什么人更懂得抽烟。他已经把抽烟变成了他生命的一部分，就像呼吸一样。

如果潮水已经涨到足够的深度，渔夫们就由小划艇带过去——他们多数人都站着。这地方非常热闹，出海的船员们乱纷纷的，一直到渔船都登上了人。如果海水还不够深，多数人就径自走到他们的船边，他们笨重地涉过水浪，有时候当一个大一点儿的浪头有可能要没过他们的靴子顶，他们会像一个涉水的小姑娘一样跳起来。他们许多人用篮子或者手帕带着晚饭。第一艘船开始移动，离开了停放处的小间隔，它被拖拉进了清水中，渔夫们伸出长长的船桨，费力地把船划到海港口，划到有风吹到的地方。接下来是一艘汽艇，一艘，又一艘，有四十艘，它们整齐划一地升起帆。港口转动起来，你有一种感觉，似乎所有的东西都被解放了出来，就好像是一群鸟儿正被释放到空中——就像一只鸽子接着一只鸽子正被放出筐篮，向着家的方向飞。后缘长的四角纵帆接着四角纵帆，像蘑菇背面那样是褐色的，在波浪中急匆匆地朝外驶去。一只行驶缓慢的绿色小汽船目空一切地冒着烟紧随着。汽艇像嗅味儿的狗一样赶快开了出去。各种各样的船只——汽艇、轻便快艇、装有四角纵帆的小帆船、轮船——向大海驶去，杂乱无章地成一长列，以一种黑色、蓝色、绿色以及白色、褐色的不规则队列行进。这如同渔夫们的衣服一样，似乎油漆罐打翻了，五颜六色泼洒得到处都是。

没有什么东西比捕鱼的船队更喜欢凑群的了。船只你赶上我，我超过你，就像是竞赛中的马匹。它们奔驰着，要争个高下，但是它们多半都不分开，像是大海上一座移动中的城镇在运动着。很可能遇到风暴时它们不得不驶回到海湾躲避。黄昏时它们才会抵达那里，这时每艘船都成了一盏灯，每张帆都成了一片影子。黑暗中它们像是灿烂的星群悬挂在油一样的水上，变成了一群跳动着的星星。不时地有一艘船离开，追寻它自己的目标去了。这好像是太空给摇动了，一个人听到发动机突突突的响声，一颗星星变成了磷火一样捉摸不定的东西。这些光亮比孩子们的游戏场还晃动。它们总能在水上摆出一个样式来，但它们从来不摆出同一个花样。有时候它们把队伍拉得很长，对面是海湾远处一侧沙的海岸，延伸到一条金色的河流；有时候它们又挤在一起，成了一小队列修士捧着长蜡烛……

次日早饭后，你可以下到海港去看夜里捕鱼的收获。你不必真的要下去，站在远处你也能看到。如同城市的大楼里那样，到处都有人在活动。每条船上的人们都在忙碌着把网里的鱼倒空，把用刺网捕到的鱼从网上摘下来，把一堆液体里的鱼倒进舱底。人们看不到一条一条的鱼，它们拥在了一起，它们是一塘水银。你会感到惊奇，这正像耶稣的门徒一定会对这么不可思议的一大网捕鱼量感到惊奇一样[1]。一切东西都由鳞片覆盖着，渔夫们身上斑斑点点，好像是点缀着五彩纸屑。他们的手，他们的褐色上衣，他们的靴子，这些成了一大群白色间杂蓝色的斑点。工人们抬着抬盒——蓝色大盒子，两侧有两对把手，像抬轿子那样抬着——并排着走近来，接着鱼就被人们用长勺子从马口铁锅里舀到大抬盒中。每一个大抬盒都装满了，人们急忙离开，走到拍卖商站着的地方。拍卖商靠着一个小笔记本和一支铅笔，一个局外人连眼睛都没有来得及眨一下，他就把它拍卖掉了。大抬盒又往前抬了几码，那个地方女人们正把鲱鱼倒进桶里。她们从头到脚也都沾满了鱼鳞，她们被溅湿了，就像画家的调色板一样。要托运的量很大，乡下的所有运货车都过来帮忙了。鱼就从船边上方像水一样倒进车里。年老的渔夫站在旁边观看着，感觉到他们的青春算是给浪费掉了。他们回想在北海打鱼的日子，那时不得不答应以一先令六便士一鲱斗[2]把他们捕捉到的鱼卖掉——一鲱斗就相当于四大抬盒的量，或者是大概一千条鲱鱼。如今谁不想甚至卖一百条鲱鱼能够挣一先令六便士呢？谁又不想卖一百条鲱鱼就

[1]《圣经·新约》《路加福音》第五章记述了渔夫西门彼得等人捕鱼的情况。西门等人整夜辛劳，什么都没有打着。耶稣指点他们到水深的地方去撒网打鱼，结果"就圈住许多鱼，网险些裂开……"（《圣经》和合本）

[2] 鲱斗（cran），苏格兰量鲜鲱鱼的单位，合 $37\frac{1}{2}$ 加仑。

能够挣十先令六便士呢？今天早晨一条轻便快艇就捕获进了一万四千条鲱鱼。怪不得海港里一片情绪激动的气氛，怪不得车辆来往于渔船和鱼桶之间，运了一趟又一趟，差不多会轧到人了；怪不得三种不同的海鸥——鲱鱼鸥、小一点儿的头是黑色的海鸥和背是黑色的海鸥——已经聚拢在了我们周围，大群大群的，尖叫着，像雪暴一样漫天飞舞。镇子上的每个孩子看来好像都在往家里跑，手指塞进一条鱼的嘴里，或者两条鱼的嘴里，或者三条鱼的嘴里。艺术家们急匆匆地来到了海港，在那没有被鱼桶，或者拍卖商，或者两排牙齿之间衔着刀子准备取出角鲨内脏的人占领的每个地点支起了他们的画架。整个镇子都昏了头。它已经变成了一天的迈达斯[1]，它每次一张开嘴，就有一条鲱鱼跑出来。鲱鱼的厄运已经降临到我们身边。鱼腥的气味一直冲向天空，好像我们正吸入呼出的是鱼鳞。甚至于孩子们的漂亮的蓝色宽大罩衫也都已经变得污迹斑斑。鱼桶和盒子都堆得高高的，到处都是。我们正把这些东西抬起往车上装——农用车、杂货商的车、煤车，任何种类的车。我们要不惜任何代价把这些东西清理掉。要用不管什么工具把这些东西运上小山送到火车站去。马匹暴躁起来。马的蹄尖抠进小山里，发出哼哼声。赶车的人盘算着晚上到来之前他们能够运鱼的趟数，因为贪财之心而兴奋起来，吆喝着威吓马匹，还用缰绳头抽打它们。他们双眼闪着兴奋的光，姿态也显得急躁起

〔1〕迈达斯（Madis），亦译作迷达斯，弗利治亚国王，十分富有，但仍企望有更多财富，曾求神赐给他点物成金的法术。

鲱鱼船队

45

艺术家们支起了他们的画架

来。他们让镇子充满了喧闹声和气味。这是怎样的一种场合，如同粗俗的人所说，他们不会叫女王他们的姑妈[1]……

我想这就是大海的传奇开始的地方——就在一个贪婪的人和一条活的鲱鱼的故事里。船只是人寻求食物填饱胃肠的象征，过了很久之后它才成了人的心灵寻求慰藉的象征。当人建立第一座海港的时候他还忍受着饥饿的煎熬，而不是一位诗人。幸运的是海港把他变成了诗人。船帆给了他飞翔的翅膀，他学会了航海交易以获取奇迹。他成了旅行家，他讲述故事传说。他发现了视野的错觉。然而，或许与其说是帆，不如说是船激发了我们的想象力。船只看起来好像除了别的之外，还传达给我们一种既是完全的自由同时又是完美的冒险的观念。这就是为什么我们愿意整日地站在海港的石头上观看张着帆的东西的原因。我们自己很想生活在这样的自由和冒险之中。当我们满怀渴望地注视着船只开出海港驶向大海时，我们是在满足自己寻求自由的欲望。

[1]意思是说不会不知天高地厚地去攀女王这样的亲戚，指完全满足于现下的处境。

47

走进春天

从一些人正在谈论的情形来看，别人会以为这是一个早春，我却不这么想。黄水仙来得肯定比燕子敢于到来得要早，但是它们来得不大情愿，也不像往常那么慷慨，会生长得很茂盛，至少在一个郡是如此。说到燕子，可能是星期六之前会到，但是在我正写这篇文章的当天还没有来。考沃德[1]先生说："大约三月中旬第一批燕子来了。"然而，我还没有碰到过一个人说他曾经在四月的第一个星期看到过一只燕子。没有它们，天空显得空荡荡的。毫无疑问，这是一个错觉。有许多秃鼻乌鸦和鸽子，还总是有椋鸟不顾一切地从烟囱管帽硬挤过

〔1〕诺埃尔·考沃德（1899-1973），英国演员、剧作家和作曲家。作品有《漩涡》《欢乐的心灵》《苦涩的甜蜜》及流行歌曲和小说等。因影片《效忠祖国》（In Which We Serve）获得1943年奥斯卡荣誉奖（终身成就奖）。

去，飞到李子树上再飞回去。椋鸟最有趣的时候却并不是它在空中飞，而是它停下来——它的羽衣光辉灿烂，紧贴着身子，发出奇怪的叫声。有时候它像是摇篮里的婴儿，有时候像试着要吹口哨的小姑娘，一直在做着发声而不是歌唱的试验。人们期待着燕子、岩燕和褐雨燕，因为它们才真正过着空中的生活。天空是它们的活动领域，而不是屋顶，不是树，甚至也不是电线。在它们到来之前，天空几乎是一潭死水，是它们搅乱了天空的平静，使它热闹起来。它们给天空带来了生机，就像昆虫给花园带来了生机。它们驱除了冬天的寂静，引领着一年奏响记忆中的舞曲乐章。

然而，春天是逐渐醒过来的，而不是猛然就进入到狂欢之中。首先是家养的鸟儿鸣叫起来，或者更确切地说，是加倍起劲地歌唱起来，因为鸫鸟和欧鸲几乎没有离开过。我想今年一定是特殊的年份，可以听到鸫鸟的合唱。去年这个时候，这条通向车站的小巷子满是苍头燕雀，而今年小巷子是属于鸫鸟的。去年花园是画眉的，而今年是鸫鸟的。这样说可能有些夸张，但是鸟中的这只小泰特拉齐妮[1]的鸣叫在我看来从未这么占据着支配地位，支配的范围也从未这么广阔。至于画眉，我不知道它们怎么了。二月份我在伦敦郊区听到过许多画眉在叫，但是这里，在这离伦敦五十英里的地方，画眉似乎是一个被根除掉了的鸟种。不管是园林工人，还是猫，还是别的什么

〔1〕泰特拉齐妮（1871-1940），意大利花腔女高音歌唱家，扮演过威尔地的歌剧《茶花女》中的维奥拉塔，著有《我的歌唱生涯》等。

流行病要受到责备，反正树林里听不到它们的叫声。今年甚至连乌鸫也不太常见；还有，乡村园林工人对待乌鸫像土耳其人对待亚美尼亚人[1]一样。我希望画眉和乌鸫能够认识字，这样人们就可以张贴一则布告，提供给它们一个鸟类保护区，哪怕是以人们的鹅莓和草莓为代价也在所不惜。奇怪的是，草莓竟然比乌鸫的歌声还更能取悦于人！我可以说我知道人们看到一只乌鸫偷吃他们的草莓时那怒火中烧的感觉。感谢上帝，我不是不受道义影响的。倘若"捉贼"的喊声能够救草莓的话，我会喊着救它们的。但是我不相信死刑会施加在小偷小摸上，况且如果歌声和草莓二者我必须失掉其一，我宁愿失掉草莓。

云雀幸运地逃到了田野里，它们不敢接近猫或者园林工人。不过在田野里它们也并非总能逃掉，一些死了的云雀在舰队街一家餐馆里被做成布丁，供应给客人。然而总的看来，考虑到人是一个多么危险的邻居，它们还算轻易逃脱了。在它们和人类之间有一种"互不相扰"的休战协定。苍头燕雀——或许是除家雀之外数量最多的鸟——也无拘无束地歌唱。在过去了的一个星期，它们一直像鹟一样飞离树顶，踏上短途旅程，在空中飞舞追逐它们的猎物，然后又飞回到小树枝上。金翅，那鸟类中有着漂亮翅膀的格米吉夫人[2]，数量也很大。它们

[1] 欧洲南高加索地区的古老民族。1915年至1918年间，土耳其政府因为害怕亚美尼亚人叛乱，杀害了150万亚美尼亚人。

[2] 狄更斯小说《大卫·科波菲尔》中的人物，她常抱怨、哀叹自己是个"孤苦寂寞的人儿""苦命的孤老婆子"。

不时紧张不安地在没有除草的花园里的千里光中间悄悄飞过。我承认我完全同情金翅，但它又颇令我厌烦。它究竟在为什么犯愁呢？它悲恸的叫声毫无诗意可言——仅仅只是一个可怜的被抛弃的女人惯常的哀怨方式。假若鸟儿能够认字的话，我想我应该在我张贴的布告上再加上一则小小的告示，写上这样的话：

> 不许携带酒入内，
> 携鹰打猎的人不准入内，
> 金翅不准入内。

假若它们真的能理会我的布告，我其实会感到抱歉的。但是这可能会给它们一个暗示，那就是它们一天至少高兴五分钟会是一种精明的做法。再者，无论如何，没有必要因为同一件事情唠叨来唠叨去。每一只鸟，说来道去都在重复着同一件事情，确实是这样，至少或多或少是那同一件事情。像欧鸲和画眉这样的鸟，歌声在变换着，而苍头燕雀和鹀鹩的歌声却没有变化。然而，即使是欧鸲和画眉的歌声也有一种可以认得出的模式。幸运的是，它们不像金翅那样总是在想着那老家伙，并且想着想着就随口唱出来了。

红额金翅雀已经开始在花园中飞来飞去，歌声像闪光的小装饰片，有的人正是这样兴高采烈地描绘它们的歌声的。我希望它们能看中那梨树，现在梨树像险峰一样雪白，去年它们就在那里筑巢，养育了一大家子。路边花坛里的矢车菊已经发芽，我听说这是红额金翅雀最容易屈服的诱惑，至少我希望是这样。我应该有一个花园，长着矢车菊，一片蓝色，假若我确信这会吸引七彩的红额金翅雀来园子里安家。上个星期六，两只比较小的长着斑点的啄木鸟侵入了花园。人们总是想象着啄木鸟是一种更有个头的鸟，看到这个小东西让人吃惊。它的背上有图案，就像是在欧米茄工艺品作坊做出来的，它不比一只麻雀大。它急速地造访苹果树和无花果树，甚至在锦带花枝上逗留。当它在爬锦带花枝时，一只麻雀甚至从一根高一点儿的枝条上俯下身来盯着它看，接着向啄木鸟靠近了些。啄木鸟从树干上往后靠，好像是仰卧在空中，拍打着翅膀，爪子则紧紧地抓住不放。它看起来像是邀请麻雀更靠近些。我想那只麻雀以前没有看见过啄木鸟。眼前这奇怪的景象激起的与其说是愤怒不如说是好奇。它不想伤害这陌生的来客，而只是想看看它。对啄木鸟看足看够之后，麻雀离开了，飞到了一棵更安全的树上。啄木鸟在刚才的五分钟里无疑感到绝望，这时也松开了抓住树皮的爪子，逃出大门，到一个不是那么有刺激性的花园里去了。

　　花园之外的地方，春天是在受难节[1]开始的。它是同棕柳莺一块儿来的。我已经连续三个年头恰恰正好是在同一个地方听到棕柳莺的叫声，那就是一座高高的陡坡顶端的榛子树丛中。一年的这个时候，树叶还没有长出来，也容易看到它。再

────────────────

〔1〕受难节（Good Friday），复活节（Easter，一般指每年过春分月圆后的第一个星期日）前的星期五，基督教教堂举行纪念耶稣受难的活动，这是一个斋戒和苦修的传统节日。

者，也没有更迷人的鸟儿可以观看。它小小的喙儿像一枚草籽那样纤细，它的身体在树枝间移动着，更像是一个小得可怜的影子，而不像是骨肉之躯。它在吃东西的过程中再三地停下来，抬眼向上看，发出一点点歌声，单调得如同西藏喇嘛教所用祈祷轮发出的声音。更活跃一些的是鹪鹩，它是跟着棕柳莺来的。棕柳莺就好像是鹪鹩的第一张草图，鹪鹩是一件完成了的艺术品，身体加上了一点点深浅不同的绿色，叫声尽管音域不大，却是夜莺到来之前回响在空中的最优美的声音。星期日早上我外出时曾预言会听到第一只鹪鹩的叫声。尽管我只在山坡的小灌木林里——那里黄花九轮草正要绽开它们的钟状花冠——听到一声鸣叫，我的预言还是应验了。并不是说我预言得多么准确。我不知道有多少次预言燕子的到来。实在的，在自然界中，与其说你预见到一些东西，不如说带来许多惊奇，你见到的这些东西是最令人愉快的，尤其是如果你像我一样容易感动惊奇。比如，又有谁看到金冠戴菊莺不再感到惊奇呢？上个星期日的下午我听到了它细小的叫声。那时我正走过一座种植园，园中的布拉斯李正在开花。我向树上看，看见了那顶针大小的小东西正在恣意享用看不见的昆虫，它的喙不够大，吃不下肉眼看得见的昆虫。它还像一只小山雀一样做着杂技表演。金冠戴菊莺的一个可爱之处就是它不把一个人看作一头野兽。乌鸫把一个人看作一名警察。金翅会受惊逃掉，假若你一直盯着它看；然而金冠戴菊莺在你面前感到安全，就好像你是关在动物园的鸟笼里。如果你走近它，突然对着它的耳朵大喊，甚至做出一个凶暴的手势，你或许可能把它吓得跳起来，但它的第一个本能反应不是要逃跑。这对于一只鸟来说是表达了相当大的敬意了。对于一个有着真正意义上的高尚目的的人，再也没有什么比为了好好看一只鸟不得不像一个罪犯似的偷偷摸摸地在树篱周围走来走去更叫人苦恼的了。他为什么就这么想看鸟儿？这很难解释。我猜想这是一种病，就像看电影和参加运动一样。我所知道的是，假如你沾上，就会上瘾。倘若莎士比亚本人在给你朗诵一首新写的十四行诗，你也会叫他停下来，要他安静，从榆树半腰向上看，那里一只鸫像一个铁匠一样，上上下下，正敲打掉一颗坚果或者树节中的什么东西。圣保罗可能正在读给你听他写给罗马人的使徒书信[1]的初稿，你会不问青红皂白地打断他，说："嘘！老兄，附近有只旋木雀。听，那就是。如果你保持安静，你就能看见它。"我向你保证，这瘾就是这么厉害。一个人假如带一条汪汪乱叫的狗外出，或者他用手杖使劲敲打道路上松散的石头，你会把他看作一个举止不当和行为不检点的人，你不会把他称作朋友的。一切要服从于想看到一只假想中的鸟的愿望，或许你已经看到过许多次了。确实，人们的罪过是无法说明其原因的，然而，这至少有利于说明观察研究鸟。这是罪过中最令人愉快的，比打高尔夫球要省钱，像饮茶那样也不会动脉硬化。毕竟，如果一个人要对什么感到兴奋和激动，他不妨就对鸟的色彩和歌声感到兴奋和激动，就像对大多数事情那样。

昆虫的嗡嗡声

你在卧室里听见昆虫叫，和在花园里听见，那是完全不一样的。花园里昆虫的叫声使人心平气和，而在卧室里，却让人烦躁不安。在花园里，那是春天的呢喃声，而在卧室里，那是和牙医的钻头或者锯床发出的声响同属一类的声音。可能侵入卧室的不是那种宜人的虫子，甚至在花园里，我们也会挥手把蚊子赶走。要么昆虫的叫声本身令人生厌，要么我们不喜欢那声音，因为它是由肆行无忌的敌人发出的。我说肆行无忌的敌人，是说它具有那种不受到攻击就肆意进攻的品性。蚊子是一种食血猛虫，它飞出去寻觅鲜血吞噬，不论你是像汤姆·品奇[1]一样温和善良，还是使用暴力的人，都会成为它的目标。与之相比，蜜蜂和黄蜂是高尚的生物。据说它们从来不伤害人，除非人伤害了它们。最糟糕的是，它们分辨不清这个人

〔1〕狄更斯的小说《马丁·朱述尔维特》中的人物。

和那个人。一只蜜蜂飞过墙头，进入我们的花园。它可能原来在五英里之外受到过一名退休警察的攻击，他用铁铲去拍打它。这一行为惹恼了蜜蜂，燃起了它复仇的无名怨火。这一情况或者类似的情况，很可能就解释了为什么一个完全无辜的人会受到虫子的叮蜇。据说，如果你不招惹这只虫子，它绝不会触犯你。事实上，假若一只蜜蜂张皇失措，要消除愤怒，它甚至等不得去蜇一个人。我看到过一条狗因为一只愤怒的蜜蜂蜇了它，而惊慌地绕着一块野地狂奔；我也看到过一只火鸡由于同样的原因在农场周围的空地上狂奔。这一切麻烦都源自人确确实实地从一排蜂房中取走了大量的蜂蜜。我不认为蜜蜂有理由去叮蜇那个人，他毕竟是这个比较文明的星球上的主人；蜜

花园里昆虫的嗡嗡声本质上是美好的

蜂无疑也无权去叮蜇那条狗或者火鸡，它们就像牛津大学的副校长一样和偷采蜂蜜几乎没有任何关系。然而，要是不理会这样的事情以及有些品种的蜜蜂因其脾气乖戾而声名狼藉——尤其是当天空打雷的时候——这样一个事实，蜜蜂在道德层次上要远远高出蚊虫。它供给你蜂蜜，而不是让你感染疟疾；帮助你的苹果和草莓繁育。不仅如此，它还力求过一种平静的、不令人讨厌的生活，和每个人都和睦相处，除非它受到了骚扰。蚊虫却残忍地一意孤行，这就是为什么它造访卧室会如此不受欢迎的原因。

但是，我想一只蜜蜂或者一只黄蜂如果凌晨两点钟进入卧室，照样是会令人厌烦的，特别是它飞进来在枕头附近嗡嗡叫个不停。这倒不是说你受到了惊吓。如果黄蜂落在了你的面颊上，你可以躺着不动，屏住气，直到它不再试图叮蜇你。这是一种绝对有效的预防措施。但是，你愿意以这种方式牺牲的夜晚休息时间有一个限度，你熟睡中就不可能屏住呼吸；而如果一只黄蜂正在你脸上爬，你又不敢停止屏息。此外，它可能会爬进你的耳朵里，那你又该怎么办？幸运的是，这一问题实际上并不经常发生，这是因为黄蜂和蜜蜂更像是人类，而不是蚊虫，或多或少有同样的夜间休息的习惯。然而，我们坐在花园里的时候，脑子里必然会思索，会解决这些问题：那使我们欣喜的昆虫的嗡嗡声是否本身就讨人喜欢？这种令人愉悦的品性是否依赖于其所处的环境，或者是否依赖于它引起人们对过去春天的联想？

当然花园里昆虫的嗡嗡声好像本质上就是美好的东西，这如同鸟儿的鸣叫和大海的涛声一样。尽管这些声音受到了非难，尤其是受到那些患失眠症的人的非难，但是它们的美还是普遍得到人类的称赞。这三种声音似乎有给予我们快乐的无穷能力，这种能力或许超过任何乐器所发出的和谐悦耳的声音。可能是听到这些声音我们就成了某种普通乐声的一个组成部分，海浪、鸟儿和昆虫的律动在某一方面同我们自己呼吸和血液循环的律动共鸣。人类热爱生命，而这些声音是生命的百万倍的合唱，是人们因为还活着感到的喜悦放大了的回响。同时我认为，我们听到昆虫的嗡嗡声所感到的乐趣也是一种回忆往事的乐趣，它使我们想起了在别的花园中度过的春天和夏天，它也使我们想起童年时那无穷无尽的祥和。那时，如果白日天气晴好，花园大门之外的世界几乎不存在了。我们能够闻见半枝莲的香味。孩童时我们多么喜爱它们！这时一只蜜蜂飞舞而过；一只昆虫，又一只昆虫，飞舞着穿过天空，每一只都像一串音符似的消失掉了。我又看见了花坛里的石竹花和草莓，还有花园里的小径，边上种着黄杨，还有树下那破旧了的木椅，长长的草地上长着一棵苹果树，在苹果树的那边有一条小溪。所有这些使得我们童年在乡下时有着无穷无尽的快乐，比我们拿着玩具玩耍时还要快乐，因为我们对任何玩具的记忆都不像我们对花园和农场的记忆那么深刻。在那些日子里我们有一种错觉，那就是这一切会永远延续下去。既没有过去，也没有将来，除了我们生活在其中的当世什么也没有——这样的一种当今之世，生活在其中的所有人都仁慈友爱。一位老眼昏花的爷爷唱着歌（尤其是一首这样的歌，歌中的合唱开头是"自由自在"）；姑母姨妈们从城里给我们带来动物形状的饼干；既没有男仆，也没有女仆，既没有牛，也没有驴，他们（它们）因服侍别人或被逼劳作，常常好像不是面带喜悦地走动着。这是一个充满仁爱的当今之世，尽管除了牛和驴子之外，谁都相信我们任何人只会勉强逃脱忍受永远被地狱之火所烧之苦[1]。或许除了在礼拜日或者在做祷告时我们几乎想不到这一点。必定没有人在孩子们面前为此郁闷不安。那位照料马匹的高大工人威廉·约翰·麦克纳博高高兴兴地给我们所有人打招呼，好像我们已经得到拯救，快要进入天堂似的。

然而，要是说人们比大约三十年前更吝啬他们的笑容，那对他们就不公平了。每个人，或者说几乎每个人，仍然在笑。在大街上遇到一个人，我们几乎不可能不停下脚步，两个人相视微笑，说起话来。威尔士亲王在世界的一边从左朝右微笑，而日本皇储在世界的另一边从右向左微笑。打开一张有插图的报纸，我们不可能不看到微笑着的政治家、板球运动员、职业赛马骑师、划桨能手、新郎、牧师、女演员和大学本科生。但是，不知怎么的，一个微笑不再能使我们快乐起来了。我们不再像过去那样把一个人的微笑看作是他要么高兴要么仁爱的证明。过去微笑像是发自内心，而现在好像只是一种礼节上的习惯做法。我们可以认可这是一种令人愉快并且有用的惯常做法，但是，一个人也可以成为一个窃贼，或是一个杀人犯，又或者是一个内阁成员而面带笑容，这均属易事。人们认为有些

---

[1]按照基督教的说法，不信基督的人死后要下地狱，人虽然死了，但其灵魂还在，所以就一直在忍受地狱之火所烧之苦。活着的人想到这一点，既感庆幸又心中不安。

人微笑只是因为想显露一下他们的牙齿有多么健美，我相信威廉·约翰·麦克纳博绝对不会这么做。

然而，我们没有必要因为不如威廉·约翰·麦克纳博高大健美就对我们的同代人发牢骚。我们都知道，对孩子们来说，这个世界仍然像是到处都有许多这样的人，他们因为高兴而放声大笑，因为仁慈友爱而微笑。对于一个孩子来说，世界永远会是玩具中最有价值的部分，是昆虫的嗡嗡声，它就像乐曲的最高度那么令人陶醉。甚至于我们中的那些成年人也能找回这种魅力，这不仅通过记忆带来乐趣，而且通过观察栖居在地球上的东西带来无穷的欢乐。世界永远等待着人们去充分地发现和了解，但是没有人的生命会那么长，可以发现仅只是一个郡的全部，甚至哪怕只是一个教区的全部。例如，又有哪一个活着的人知道苏塞克斯郡[1]的所有鼹鼠？我承认我在几天前第一次看见了一只。虽然我曾经看见过死鼹鼠挂在树上，也读到过描写鼹鼠的文章，但是看见活鼹鼠还是令人意想不到的，就好像一个人在达利安山巅偶然碰到一只，十分惊愕，沉默不语[2]。我从未料到它在正午的太阳光下看上去这么黑，这么有光泽，也从未料到它长着粉红色的小猪嘴，这使我认为它是一头生长在地下的小猪。我还总是听说脚步声响会惊吓到鼹

---

〔1〕Sussex，英国英格兰南部一个郡的原郡名，1974年分作东苏塞克斯郡和西苏塞克斯郡。

〔2〕达利安山巅位于巴拿马加勒比海海角处的山峰，地势险峻。"强悍的科尔特斯，用一双鹰一般的眼睛凝视着太平洋——他的水手面面相觑，惊愕万分，在达利安山巅沉默不语。"（济慈语）

鼠，但是这只鼹鼠只是听到说话声才开始显出害怕的样子；然后它开始用爪子和小猪嘴扯开个口子钻进树林下的植物，爪子和嘴比试着，一个试图超过另一个。布兰顿先生[1]曾经描写过在阳光造成的极度痛苦和恐惧中，惊慌失措的鼹鼠是如何试图穿入鹤嘴锄翻起的泥土的。这个可怜的小东西掘土钻进草丛和蕨类植物中，又在草丛远远的另一端钻出来，像一只受到惊吓的猪逃窜到一棵树下，这给我带来同样极度痛苦和恐惧的印象。但是，他们说，这可怜的小小的胆小鬼是一只足够凶残的动物。我们听说，遭受难于忍受的极度饥饿，它会死于非命；假若它在二十四小时内都吃不到东西，而且仍找不到别的什么东西吃，它就会把和它在一起的鼹鼠吃掉。权威人士就是这么告诉我们的。但是我感到纳闷，究竟有多少个权威人士看见过一只鼹鼠吃同类的肉呢？他们有多少人密切注意过它穿越地表下面的长长的行程呢？在礼拜日的上午，它看起来肯定绝不会是南海的怪物，此时我观察了它几秒钟。假若约翰·克莱尔[2]心肠残忍，就不会满怀柔情地描写它。

再说还有刺猬。刺猬的魅力在于我们不是天天都能看见它们：它们现身是一个秘密，也是一个偶然的事件。它们是忙忙碌碌的生活的一部分，这种生活就在我们身边像精灵们的活动

〔1〕埃德蒙·查尔斯·布兰顿（1896-1924），英国诗人、作家和评论家。用诗歌和散文写自己在第一次世界大战中的经历；曾在东京和香港任教，后做牛津大学教授，讲授诗词。

〔2〕约翰·克莱尔（1793-1864），英国诗人，出身农民。诗歌描写自然景色和农村风光。

那样神秘地进行着。几天前的一天晚上，我正站在一块成斜坡状的旷野地里从上往下看，听到像是枯枝被踩踏上发出的一阵噼噼啪啪的声响，我转过眼睛，看到一只活刺猬正从树林里出来钻进草地里，这时我高兴地看到是一只刺猬，而不是一个人，也不是一只老鼠。在黄昏的光线里，我只能模模糊糊地看到它。这么小的一个动物竟能弄出这么大的响声，真叫人难以相信。不幸的是认出刺猬带来的快乐并非是相互的。刺猬一听见有脚步踏在路上就完全放弃了捕捉虫子作为晚饭的念头，蹒跚着退回到灌木丛中。我感到遗憾的只是我没有弄出更大一点儿响声让它吓得卷成一个小球，大家都说它受到惊吓就是这样做的。然而，或许刺猬不这样让身子重复卷起来也无妨。我们喜欢动物行为的某种变化。出乎意外的某种成分总是使我们的好奇充满活力，并且期待着不同的东西。

但是我们绝不应该夸大从鼹鼠和刺猬身上得到的乐趣。它们使我们的部分身心快乐，不能使我们的整个身心快乐，而每年春季世界给予孩子的据说就是这样的快乐。或许我们中的小孩子最全心全意地回应着这些快乐。它们像昆虫的嗡嗡声一样，帮助人们恢复对于一个完完全全幸福的世界的幻想，因为它是诺亚方舟般的景象，而且人人都仁慈友好。然而，即使我们在花园中屈从于这种错觉，在折叠帆布躺椅上我们却焦躁不安起来。我们记起了电话、日报和要写的信件。现实重重地压在我们身上，就像一只手摁在陀螺上，使旋转停止了，让音乐停止了。世界不再是一件一圈一圈舞动着的玩具。它是个难以解决的问题，是停止了工作的机器，是一个闷热的房间，里面有许多伤人的小虫子，发出使人烦恼的叫声。

猫

冠军猫展已经在水晶宫[1]举行了，但是冠军猫并不在那里。人们不可能让它出现在公众面前的。它是用来展示的，却并不关在笼子里。它不参加比赛，因为它超乎比赛之所及。你懂得这一点，我也懂。或许你有冠军猫，我当然也有。这就是判断一只猫是否优秀的最重要的标准，也就是那猫属于谁所有。一个人不说"你应该看看布雷斯福德的猫"，不说"你应该看看爱德考克的猫"，也不说"你应该看看夏普的猫"，而说"你应该看看我们的猫"。没有什么让我们对它更自私的了，甚至对孩子们也不比对猫这样。我听见一个人——因为没有更好的东西可夸耀的——夸耀说他的猫吃乳酪。这要是发生

---

〔1〕水晶宫（the Crystal Palace），为举办1851年第一次国际工业产品博览会而建的铸铁和平板玻璃结构建筑物，原建于伦敦海德公园内，后迁移至伦敦南部，1936年焚毁。

冠军猫在每个人的心里

在别人的猫身上，好像会是一种不良习惯，而且只适合向仆人提及，来作为一种警告。但是这只猫碰巧是他的猫，所以他在妇女们中间兴奋地谈起猫的这一缺点，却仿佛这是一项什么成就。我们确实很少听到一只猫因为所犯过错而公开受到任何人的责备，除非那人是厨师或者别的什么下人。我们不容许它偷吃我们自己食品储藏室里的东西，但是如果它溜进隔壁人家的房子，然后越墙而归，用爪子抓着一条鳎，我们真的会忍不住笑出声来。开始我们心中有点儿忐忑不安，想到那位可能上了年纪、脾气暴躁的先生让自己的午餐就在眼皮子底下给偷走了，我们的高兴又带上了同情。假若我们十分确定这条鱼是从十四号而不是从九号或者十一号人家偷来的，可以想象得到，我们会到那户人家去，会要做出赔偿。然而，对一只猫来说，你不会完全有把握它到底做了什么。我们不可能到所有的邻居家，去给大家宣布我们的猫是个小偷。无论如何，下一步该如何办要由那受了委屈的邻居来决定。一天接着一天过去了，由于看不到那愤怒的、决意要复仇的邻居的身影沿着小路走来，我们重新找到了内心的平衡，并且开始用新的眼光来看待猫的功绩。我们尚未在道德层面对其赞美，但是毫无疑问，我们越想猫的这一功绩，也就越发对猫钦佩。希腊人的两名伟大的英雄中，一名我们钦佩他的英勇，另一名我们钦佩他的狡诈。猫

猫从隔壁人家抓着一条鳎

的史诗是俄底修斯的史诗。那位有鳎的老先生逐渐地让人看来像是一名被骗上当的波吕斐摩斯[1]——被骗和受到羞辱，甚至还不能向折磨他的人身后投掷东西。好聪明的猫！别人的猫没有能做出这件事的。我们真想用拉丁语韵文来颂扬《鳎遇劫记》[2]。

至于阿喀琉斯[3]的那种英勇无畏，我们并不要求猫具有这种品质，但是如果它表现在猫身上，我们会为之骄傲的。一只猫走近来，几只陌生的猫向它猛扑过去，它们或者在墙头上排成一个纵列，或者分散像爆炸开的一颗炮弹，漫无目的地展开攻击，看到这场面自有一种乐趣。理论上我们不喜欢猫打架，但是如果它打架了，跑回家来，一只耳朵给撕裂了，我们必须调动起我们温顺性情中的所有能量，目的是不至于看到隔壁人家的猫像是经历了一场铁路事故伤得那么厉害而感到欣喜。我为隔壁邻居的猫遗憾。我很恨它，被恨一定是可怕的。但是它不应该蹲在我家的墙上，用两只黄色的眼睛瞅着我。假若它的眼睛是别的什么颜色，哪怕是蓝色——这种颜色据说是逃跑的丈夫的标志——我确信我能够设法容忍它的。但是它的

〔1〕波吕斐摩斯（Polyphemus），希腊神话中的独眼巨人，将俄底修斯禁锢于其洞穴中。俄底修斯使用计谋将他灌醉，弄瞎了他的独眼。

〔2〕《鳎遇劫记》（the Rape of the Dover Sole），作者模仿英国诗人蒲柏的《鬈发遇劫记》（The Rape of the Lock）之题目而写出的诗名。

〔3〕阿喀琉斯（Achilles），希腊人在特洛伊战争中的勇士。出生后被其母倒提着在冥河水中浸过，除未浸到水的脚踵外，浑身刀枪不入。

眼睛就是那种黄颜色的，你在萨克斯·儒默先生[1]的小说中可能看到的从镶板上的小洞朝外看着你的正是这样的眼睛。我不害怕它的唯一理由是那猫很显然害怕我。我从未伤害过它，除非恨也是伤害。但是当我出现时它低下了头，似乎是等待着被绑到断头台上斩决。它并没有跑开，只是像一个罪人蜷缩起身子。或许它想起了有多少次灵巧地踏过我的种子田，但是还灵巧得不够，难免不在莴苣幼苗和长得稍大一点儿的秋嫩茎花椰菜中间留下毁坏的痕迹。这些事情我能原谅它，但是要我原谅鸟儿鸣叫时它盯着鸟的眼神就不容易了。那双眼睛闪着邪恶的光。它成了歌剧中"撕人魔"杰克[2]那样的东西。人们告诉我们说不应该为这种事责备猫，说这是它们的本性，如此等等。他们甚至暗示说猫吃欧鸲并不比我们自己吃小鸡更残忍。在我看来这是找茬抬杠。首先，欧鸲和小鸡有很大的不同；再者，我们乐意和猫分享我们的小鸡，至少我们乐意和猫分享鸡的皮和骨头，如果我们煮鸡汤不用这些东西。此外，猫不像人那样需要精美的食物，它能吃甚至消化任何东西。它能吃切成片的欧鲽的黑色的皮，能吃盘子边上人们吃剩的软骨碎片，能吃煮熟的鳕鱼，还能吃新西兰羊肉。这样的动物的味觉决定了它对吃的东西不加区别一概享用，没有理由要拿唱歌的鸟儿作

〔1〕萨克斯·儒默（1883-1959），英籍小说家，以创造出神秘小说中最邪恶的角色傅满洲博士（Dr. Fu Manchu）而享誉文坛。其推理小说塑造了多种类型的侦探。

〔2〕英国19世纪一名身份不明的杀人犯，1888年8月至11月间在伦敦东区至少杀死了七名妓女。

食物，甚至连人类如此毫无顾忌的食者也同意在一定程度上避开它们。然而，经过考虑，我怀疑是不是对鸟儿的食欲使得那只黄眼睛的猫有负罪感。倘若你能够用它的语言同它交谈，指控它是食鸟者，它可能会感到迷惑，把你看作一个怪人。假如你要和它争论，并且迫使它从道德上解释它的立场，我相信它会说鸟儿是非常凶恶的家伙，它们对蠕虫和昆虫的残忍是任何血肉之躯都难于忍受的。它会宽宏大量地逐步对自己树立起理想化的看法，把自己看作一小块卷心菜的地里残忍的冲突中法律和秩序的护卫者，也就是自然界生态平衡的维护者。如果猫像我们一样聪明，它们会编纂一本涉及蠕虫暴行的蓝皮书。哎呀！可怜的歌鸫，背着那么乌七八糟的恶名声，你要被这样揭露出来。由于你那野蛮踩踏，你会被描绘成如下这样：你踏在草地上，不因为年龄或者性别放过你的猎物；当幼小的蠕虫伸出头来第一次向那滚动的太阳投去迷惑的一瞥时，你把它抓住了。猫可以就这个题目写十四行诗了……于是就有了另外一首优美的酝酿中的诗歌《蜗牛的哭声》[1]……猫的心肠是多么软啊！它们的同情心几乎是针对世界万物的，总是在寻找同情的对象，随时准备扩展到任何需要它的地方。只是它们的牺牲品除外，这也是人的特点。不管眼睛是不是黄色的，我开始相信隔壁邻居的猫是个很杰出的家伙。很有可能我走过时它看我的眼神不是害怕而是厌恶。它看见过我走在蠕虫中间拿着一把

[1] 这是作者仿照英国诗人伊丽莎白·芭蕾特·布朗宁的代表作《孩子们的哭声》模拟的题目。

锋利的——不，不是很锋利的——铁锹出去，因此觉得我比恶魔好不到哪里去。要是我能跟它解释该多好！但是我永远也办不到。我不可能赏识它关于欧鸲的看法，它也同样没有可能赏识我关于蠕虫的看法。幸运的是我们都吃小鸡，这可以最终帮助我们理解对方。

另一方面，猫的部分魅力可能基于要和它们互相理解很困难这一事实。一个人对着一匹马或者一条狗说话，好像它们是和人同等的；对一只猫人必须恭恭敬敬，似乎猫有某些斯芬克司[1]那样的品性，使他感到困惑。他不能对猫支使来支使去而保证它一定会服从。他不能确定，假使他对猫说话，猫是不是会抬起眼睛来。如果它当时十分舒服，是不会的。猫只有在饥饿时或者高兴时才会听话。它可能是一个食客，但绝不是一个奴仆。狗听命于你，而你听命于猫。同时，猫和狗之间的差别常常被喜爱狗的人夸大。他们给你讲狗的主人死了、狗还守在他身边的故事，好像猫就没有忠诚可言一样。然而，就在不久前报纸上报道了一只猫，它一直守在被杀害的女主人尸体旁，这正是如狗般表现出的最大忠诚。我还知道，猫像狗一样会和人做伴，一块儿外出散步。我经常看到一位女士步行穿过汉普斯特西斯公园[2]，随从中有一只猫。你带着一条狗

〔1〕斯芬克司（Sphinx），希腊神话中带翼的狮身女怪，传说常叫过路行人猜谜，猜不出者即遭杀害。

〔2〕Hampstead Heath，伦敦一座大而历史悠久的公园，位于伦敦有名的富人区，占地790英亩。

散步，是狗保护你；而你带着一只猫散步，你感到你在保护猫。很奇怪，猫竟然把它无助的神话强加给我们，其实它是一种有着几乎无穷的自助能力的动物。它能跳上高墙，能爬树，能奔跑，就像俗语说的"风驰电掣"般奔跑。它武装得像一名非洲首领。然而，它竟然让自己成了一个娇养的宠物。所以，如果它试图跟随我们跨出大门走进狗的世界，我们会很惊恐；而它满足地喵喵叫时我们感到高兴——它在炉边打滚，我们揉它的喉结，它高兴地呼噜做声。没有什么比猫满足时的喵喵叫声更能给人舒服的感觉了。这是自然界最令人满意的音乐。听这种声音时，你感到自己像是一部低俗小说中温顺的情人，说着："那么，你像我这样，亲热那么一点儿，毕竟……"猫在我们面前并非绝对可怜巴巴的，而这总会给我们带来新鲜感和惊喜。刚刚见到一名婴儿，他的欢叫声可能给人带来更大的快乐，但是猫能把忍受不了婴儿的人们哄高兴。

猫是交谈般的音乐大师，它竟然试图发出别的什么乐声，这就更令人惊奇了。绝对没有什么动物不适合当歌手。有人——是柯柏[1]吗？——说过自然界没有什么真正令人讨厌的声音。他说，他能想象，就连对驴的叫声也有些话可说。我应该想到自然界优美的声音不多，大多数只有当它们引起某些令人愉快的联想时才会让人为之辩护。人类至少在谴责猫作为

〔1〕威廉·柯柏（1731-1800），英国诗人，歌曲词作者，诗风朴素平易，赞美乡村生活和自然风光。代表作有《阿尼颂诗》《任务》《白杨树》等。

自然合唱团的一个组成部分方面是一致的。人们曾经写诗夸赞秧鸡是歌唱家，但从未这样夸赞过猫。我们关于猫的所有联想都没有使我们习惯于那刺耳的号叫声。它把爱变成了折磨，这只有在20世纪小说中才能看到。从中我们听到了丛林颓废者的声音——是消亡中的野兽，却尚未开化。这种叫声在夜间的窗外响起时，我们总是给客人解释说："不，这不是彼得在叫。这是隔壁那只长着黄眼睛的猫在叫。"一个不能保护他的猫之荣誉的人，我们不能相信他能去保护任何东西。

为逃避叫好

　　任何人，只要读当代文学批评作品，就一定注意到了在批评家中有一种越来越强烈的倾向，那就是指责某些作家"有逃避[1]的倾向"。这些批评家们有时不告诉我们这些作家要逃避什么，但是留给我们的印象是：逃避是一种非常坏的、有时候甚至是可耻的事情。我认为这是一种现代才有的观点。在燃气使用之前，"逃跑（逃逸）"这个词在大多数情况下都用于褒义。写于欧洲文学萌芽时期的《奥德赛》是一部颂扬逃脱的长篇史诗，从来没有人想过尤利西斯从波吕斐摩斯的洞穴中逃掉有什么不好。英国文学中，《天路历程》[2]从头到

　　〔1〕逃避（escape），英语中有"逃跑""逃脱""逃避""逃逸"等意思。

　　〔2〕1678年英国散文作家班扬写的一部宗教寓言式作品。故事中的主人公基督徒历经艰难险阻，最后到达天国城，享受永恒的生命。

法蒂玛总爱刨根问底

尾都是对逃脱的赞颂。尽管基督徒受到责备，因为他出发之初
把妻子和孩子们丢在后面，但是没有人会认为一个比较明智和
心智健全的人要和他的邻居们一起留在"毁灭之城"[1]，而

[1]亦译作"将亡城"（the City of Destruction），基督徒和家人居住的
城市。基督徒从书中得知该城将要因为大火而毁灭，遂劝告妻子和孩子以及
邻居逃避危险共同寻求救赎，但遭到拒绝，便决定独自出发。

不在尚有时间时逃跑出去。事实是，从基督徒逃离"绝望的深渊"[1]那一刻起我们就同情他。又有哪一个头脑清醒的孩子读到法蒂玛逃脱了蓝胡子[2]的惩罚而不欣喜万分？诚然，法蒂玛爱刨根问底的性格不会在年轻的妻子们中受到赞扬，但即使如此，如果一个人在读到故事的结尾时惊呼"可怕的小东西！我真希望蓝胡子干掉了她"，那么他一定是一个想象力反常的孩童。我们读《金银岛》[3]时也不会因为吉姆·霍金斯的许多次逃脱而责备他。相反，我们告诉自己，只有靠着他异乎寻常的优秀和无畏的品格他才能逃脱成功。如果从文学作品说到现实生活，我们发现自己同样站在逃避者的一边，自耶西的儿子大卫[4]直至温斯顿·丘吉尔先生[5]。逃避有非常多的优点，没有了它，历史和文学家都会相当地苍白无力。

然而，那些贬义地使用"逃避"这个词的人毫无疑问会以为上面谈的这些都离题太远。他们会指出他们的意思很明显：

[1]基督徒逃亡途中较早遇到的一处泥沼。他和一名叫作易变的朋友误入迷途，陷入其中。易变马上退却，而他在逃脱出来后继续前行。

[2]见P17注[1]。

[3]英国作家罗伯特·路易斯·史蒂文森的冒险小说，讲述少年吉姆·霍金斯如何一个人在人迹罕至的小岛上寻找海盗头领吉德埋藏的财宝。

[4]大卫（约前1050-约前970），古以色列国国王，建立统一的以色列王国，定都耶路撒冷；《圣经·旧约》《撒母耳记上》中记载大卫是耶西的第八个儿子，根据上主的安排被选立为以色列国国王。

[5]温斯顿·丘吉尔（1874-1965），英国保守党政治家、著作家、首相。第二次世界大战期间领导英国人民对德作战，著有《世界危机》《第二次世界大战》《英语民族史》等，获1953年诺贝尔文学奖。

他们反对的逃避是指逃避现实、逃避生活、逃避生活的实际状况和问题。我看到一部《美国心理学词典》把"逃避倾向"定义为"一个人在某些情况下可能采取的一种期待逃脱或者躲避的态度",这在我看来并不怎么能说服人。例如,我们多数人都会同意,在某些情况下一种期待逃脱或者躲避的态度是非常可取的。一位聪明的行人穿过一条主干道,路上有一辆快速行驶的汽车向他冲过来,这时他强烈地意识到自己的逃避倾向。医生们催促我们去种牛痘以防天花求助的正是我们的逃避对象。威尔斯[1]先生劝说我们避开民族主义、现代文明的困境和许许多多的其他东西;弗洛伊德劝说我们摆脱压抑,而阿斯特夫人[2]劝说我们远离啤酒。几乎没有什么改革,无论改革者判断正确还是错误,不求助于"一种期待逃脱或者躲避的态度"。最近我们目睹了对于黄金的逃避,此时此刻每一个有理性的男女正在祈祷,或者至少是希望欧洲会尽力避开战争。

那么,为什么作家竟然被拒绝给予逃避的权利或者说想要逃避的权利,而社会上的其他人都过分地享有这种权利?我听说济慈[3]受到指责,说他是一位逃避现实的诗人,但是在我看来,他逃避进一个极其美丽的世界的行为,是迄今为止发生在英国文学史上的最有幸的逃避之一。这是从平凡的生活领域

---

〔1〕威尔斯(1866-1946),英国作家,主要作品有科学幻想小说《时间机器》《星际战争》、社会问题小说《基普斯》《托诺·邦盖》及历史著作《世界史纲》等。

〔2〕阿斯特夫人(1879-1964),英国下院第一位女议员。

〔3〕济慈(1795-1821),英国浪漫主义诗人。

逃入天才的境界，其结果仍然在丰富着他同胞的想象力。把济慈的诗看作"逃避现实"，对我说来就像把美丽的日落看作逃避现实一样毫无意义可言。诗人的想象力在生活现实中的分量并不比所得税税务员的合法要求少；尽管试图逃避后者会是不道德的，但正是求助于前者，我们来寻求一个更加令人愉快也更加深远的生活经历。能够使我们逃避现实的哪怕是最爱幻想的诗人，也能够使我们逃入一个更加完美的世界，这个世界同样真实，有时更甚。

伟大的韵文和散文中描写的是没有所谓的不真实的世界的。查尔斯·兰姆[1]也曾被指责为"逃避现实者"。对于他的批评家来说，他的感情和幽默源自于他对冷静和全面地观察生活的躲避。他们说他在自己的作品中故意用讨人欢喜的油膏替代炽烈的"真理"的芥子硬膏——不管这种"真理"会是什么。唉，查尔斯·兰姆是个遭受过许多苦难的人，但他不把自己的痛苦展示在文字中。他避开自己苦难的重负，呈现给读者的是笑声和充满柔情的回忆。他在自己的随笔中为成千上万的人提供了在苦难时刻逃避的方法，这里我绝对看不到任何对诚实的背叛。我认为像查尔斯·兰姆那样写作是对人类友善的行为。

批评家们责备一些作家逃避现实，这有一件事很是奇怪，

---

〔1〕查尔斯·兰姆（1775-1834），英国散文家、评论家，以伊利亚（Elia）笔名发表的随笔触及英国社会矛盾，对穷苦大众寄予了深切的同情，著有《伊利亚随笔》等。

那就是被他们指责为逃避现实的作家几乎都是杰出的，或者是情感丰富的，或者是使人振奋的作家，是创作各种各样形式的幻想和童话的作家。我经常感到纳闷为什么会是这样，因为我觉得许多邪恶的、冷酷无情的、使人沮丧的作家同样被逃脱的愿望所驱使。有一种说法叫"怀恋污浊鄙俗之物"[1]，许多身不在烂泥中的人渴望逃脱回那里去。现实主义的写作方法，和梦幻的、感伤的写作方法一样，是"在某些情况下采取一种期待逃脱或者躲避的态度"的结果。左拉坚持不懈地躲避生活的一些方面正像狄更斯躲避另外一些方面一样。如果现实主义作品的作家是"逃避现实者"，我相信他们的读者也如此。苦难的童年、不幸的婚姻和悲惨的环境的故事一本摞在一本上，堆得山么高，同有着幸福结局的感伤故事一样，实实在在地给我们提供了逃脱我们自己和我们环境的道路。戴斯蒙德·麦卡锡先生[2]在其作品《经历》中，对"厌恶的乐趣"做的注释里曾对我们暗示过这一点。他断言，如果你对生活中平常的苦难感到愤怒和厌恶，去读于斯曼[3]的著作，"你会发现，不管是什么东西使你感到厌恶……都是用一种忧郁的激情，一种放肆的直击问题要害的讥讽来描写的，既夸张又尖锐，这会

〔1〕原文是法语"nostalgie de la boue"，boue有"泥浆、污泥；卑鄙、卑贱"等意思。
〔2〕戴斯蒙德·麦卡锡（1827-1952），英国评论家、新闻工作者，主要著作有评论集《评论》《经历》《戏剧》《萧》等。
〔3〕于斯曼（1848-1907），法国小说家，主要作品有《逆流》《上路》《大教堂》等。

给你带来一些暂时的宽慰"。在这一段落的稍后部分他说道："对于那些声音发着颤，对什么都挑剔的人来说，发现他们的怨言被另外一个比他们自己的声音更打战更爱挑剔的人讲了出来，而且还带着藐视和怨气，他们会感到非常的快乐。我从那鲜明的轻蔑态度中给自己找到了别开生面的变化。读于斯曼著作的乐趣是看到丑恶的、阴暗的、衰弱的东西被描写了出来——不是照原本的样子，而是描写得更丑恶、更污浊、更卑劣——的乐趣。"换言之，一个厌倦了各种虚情假意的人仍然能够从丑陋的虚假中得到"一些暂时宽慰"或者解脱。

因此，我们看起来都是逃避现实的人。有些逃避之路无疑比另外一些要好，但是无论我们选择什么逃避之路——音乐或者数学，诗歌或者乒乓球，政治或者电影——我们都在试图逃避。我们中的许多人甚至不知道逃避什么和逃避到什么地方去。我认为评论家的职能，像道德家的一样，不是贬低"逃避"，说它本身就是坏的，而是区分比较美好的和比较低劣的逃避的方式。然而，即使这么做了，我仍然认为不仅仅最好，而且半好的和甚至四分之一好的逃避方式都丰富了普通人的生活。例如，欣赏体育比赛可能不如欣赏希腊悲剧高雅，但它却使更多的人快乐。总是有初步确认的证据显示一些事情可以使人们快乐而不至于伤害其他的人。

改变观点

贝尔福勋爵[1]在其生命行将结束之际告诉他的侄女达格戴尔夫人（是她撰写了他的传记），说他回顾过去，几乎不记得在什么事情上改变过自己的观点。读到此处我禁不住想我是不是应该羡慕他。当然，再也没有什么比发觉自己在个人和国家生命的关键时刻几乎总是正确的更能让人由衷地高兴了。你可能认为这会使人自满，但是尽管自满受到道德家的严厉谴责，却至少是一种惬意的感觉。一个人如果从来看不到有什么缘由改变自己的观点，他就总感到自己是正确的，心头充满了阳光，这也反映在他的性情上。甚至在失败时刻知道自己正确这很了不起，胜利时刻令人欣喜若狂——但有时候这更是生死

[1] 贝尔福勋爵（1848-1930），英国保守党领袖，1902年-1905年任首相，1916年-1919年任外交大臣，1917年发表《贝尔福宣言》，支持犹太复国主义，1922年封伯爵。

攸关。

　　然而，有谁一次又一次改变自己的观点，而在回顾起已经抛弃了的观点时心中充满了眷恋呢？我们中的多数人更倾向于庆贺自己摆脱了愚昧而变得聪明起来。譬如，我们回忆早先文学上的爱好，并不为丢弃了很多东西而感到遗憾。我猜想有些人天生有一种完美的情趣，他们从不崇拜泥足的偶像，但是这种人在甚至爱挑剔的人当中也很少见到。一个人，特别是在年轻时，有各种各样的理由去欣赏和高雅的情趣毫不相干的书籍。假如他是一个虔诚的孩子，他可能会喜欢读一本写得十分蹩脚的故事书，讲的是一个窃贼的10岁的儿子就要死去，故事的结尾，父亲的铁石心肠融化进了基督的柔情之中。我曾经被许多这样的故事感动，我在10岁时对这些作品的看法比现在要好。我也改变了对廉价惊险小说价值的看法。我现在对玛丽·科雷利[1]和霍尔·凯恩[2]的评价不如我在九十年代[3]早期对他们的评价那么高。吉卜林[4]有六七年成了我极度尊崇的人，后来主要因为政治原因，他变成了一位庸俗的修辞学

　　〔1〕玛丽·科雷利（1855-1924），英国小说家，主要作品有《撒旦的悲伤》《年轻的戴安娜》《撒旦日记》等。
　　〔2〕霍尔·凯恩（1853-1931），英国小说家、剧作家、诗人和批评家，著有《孟克斯人》《不朽城》等。他和玛丽·科雷利同为英国19世纪末20世纪初受人欢迎的作家，后来逐渐被人遗忘。
　　〔3〕指19世纪90年代。
　　〔4〕吉卜林（1865-1936），英国小说家、诗人。著有儿童故事集《丛林故事》、长篇小说《吉姆》、诗歌《军营歌谣》等，获1907年诺贝尔文学奖。

家，最后我对他的热情降低，但我还能欣赏他的幽默和想象力，却不再关心他的政治主张是什么了。我认为这是我们对图书兴趣的正常发展过程。我们对曾经热爱的东西失去了兴趣，而喜爱上了曾经使我们厌烦的东西。

我记得尝试过许多次才开始读《大卫·科波菲尔》。我虽然喜欢狄更斯的其他小说，却感到《大卫·科波菲尔》读起来太艰涩。然而，我坚持读下去，突然有一天我冲破障碍进入了一个施于了魔法的世界。一旦你转而喜欢上了《大卫·科波菲尔》，我怀疑你是否还能改变对它的看法，直到生命的终结它都一直是我喜欢的六部最伟大的小说之一。同样我也没有发现有什么必要改变我对司各特[1]和萨克雷[2]的看法。我从一开始就喜欢他们了，尽管现在我不再过分喜欢他们了，却仍然不愿听到他们被贬低。另一方面，简·奥斯丁[3]——对于一个你可以说是正处于男子青春年华、刚在学习抽烟的男生来说，那都是些什么女孩子的东西啊！花了很长的时间我才喜欢上了简·奥斯丁的精妙细微。

[1]沃尔特·司各特（1771-1832），英国小说家、诗人，历史小说首创者，在19世纪早期英国浪漫主义文学中占有特殊地位。主要作品有长诗《玛莱恩》《湖上夫人》和历史小说《威弗利》《艾凡赫》。

[2]萨克雷（1811-1863），英国小说家，作品多讽刺上层社会，主要作品有长篇小说《名利场》《彭登尼斯》和《纽可姆一家》，历史小说《亨利·埃斯蒙德》及散文集《势利人脸谱》等。

[3]简·奥斯丁（1775-1817），英国小说家，以善于描写中产阶级生活著称，著有长篇小说《傲慢与偏见》《爱玛》等。

回首往事，我确实看到我的一生是长期连续改变自己观点的一生。我记得有一段时间我认为叶芝[1]的诗句几乎全是胡说八道，后来接着一段时间我又是如何地崇拜他。我记得初读斯温伯恩[2]的欣喜和此后的厌倦。我记得爱默生[3]什么时候从一位预言家变成了一位十足的无知无识之人[4]。一个人想到他已经舍弃的所有伟大的作家时止不住有点儿伤感。他感觉到对于那些曾经为他照亮了世界的作家应该怀有一些忠诚，而忽视他们便是一种背信弃义的行为。时不时地打开他们的一本书，并且重读这本书时能够感到："是的，他是出色的，尽管不像我曾经认为的那么出色，但仍然是出色的。"这该是多么令人高兴的事。即使如此，原来有的痴迷很难再被激发起来了。惠特曼[5]、爱默生和卡莱尔[6]——他们仍然是有天才的

〔1〕威廉·巴特勒·叶芝（1865-1939），爱尔兰诗人、剧作家，都柏林阿比剧院创建人之一，获1923年诺贝尔文学奖。

〔2〕斯温伯恩（1837-1909），英国诗人、文学评论家，主张无神论，同情意大利独立运动和法国革命，作品有诗剧《阿塔兰忒在卡吕冬》、长诗《日出前的歌》、评论《论莎士比亚》和《论雨果》等。

〔3〕爱默生（1803-1882），美国思想家、散文作家、诗人、美国超验主义运动的主要代表。著有《论自然》、诗作《诗集》和《五月节》等。

〔4〕爱默生过分强调了人的直觉，还被认为没有"恶"的概念，其乐观主义哲学只是超验主义运动愚行的表现。

〔5〕惠特曼（1819-1892），美国著名诗人，创造了诗歌的自由体，代表作品有《草叶集》《桴鼓集》等。

〔6〕托马斯·卡莱尔（1795-1881），苏格兰散文作家和历史学家，著有《法国革命》《论英雄、英雄崇拜和历史上的英雄事迹》等。

九十年代的灵感

人，然而却不再有原来的高度。这或许是将说教和文学混在一起所结下的苦果。我们听了太多的教诲已经不再有兴趣去听。甚至斯温伯恩也以他的方式对人进行教育——他是一位维多利亚时代异端邪说的教师。他的教导使他的追随者十分痴迷却使那些后来的人厌倦不已。这同样的情况发生在乔·弗·瓦茨[1]的绘画作品上，那些在九十年代从他身上发现了鼓舞人心的东西的人们，现在想再找到它是白费气力了。时间改变了人们对他们的看法。伟大的导师已经消失，一位还算伟大的画家不足以弥补这种损失。

当然，很清楚，我们现在对于曾经热爱的作家和画家的看法——我们已经对他们变得冷漠——可能会像我们对原先观点的认识一样是错误的。这可能不是因为我们的鉴赏力有所提高，而是因为我们的趣味变化无常。与此同时，我们止不住相信我们现在的观点是正确的。我们就像最坚持不懈的保守党党员那样沾沾自喜。我们因自己最新的观点得意非凡，那感觉就像是一个人一次又一次地迷了路而最终找到了正确的道路。你会注意到在宗教信仰的改变方面有这种情况。我认识一个人，他从信仰基督教卫理公会派教义改变为信奉无神论，从无神论改变为基督教的唯一神教派，又从唯一神教派改变为罗马天主教，而在每个阶段他都同样自信自己最终找到了真理。他试

〔1〕乔·弗·瓦茨（1817-1904），英国维多利亚时代著名画家、雕塑家、象征主义运动的代表人物，主要作品有《希望》《爱与生命》《体力》等。

图强迫我接受英格索尔[1]的观点，白费了力气，便认为我愚蠢到无可救药的地步。此后他又引用纽曼[2]的《与信徒谈信仰》中的话攻击我，一无成果，又同样以为我愚蠢。如果要告诉他"你承认你以前错了，你可能又错了"，那不会有什么用处的，很少有人相信他们可能又错了。

在这方面我同别的任何人一样沾沾自喜，至少在政治问题上是这样。我已经有许多次改变了政治观点，而且从未丝毫怀疑过我新的信念就像欧几里得[3]定理显而易见是正确的。曾经痴迷于自由党统一主义[4]的人谁会不记得这一主张看上去像是赋予了灵感的福音一样？活在这样的曙光中简直是天赐之福。由此我转变而成了一名我称之为帝国主义的拉塞尔[5]的社会党人。我确信如果其他人都成了帝国主义的拉塞尔社会党

---

[1]英格索尔（1838-1899），美国政治家、演说家、共和党人，批判《圣经》，普及人文主义哲学和科学唯理论，被称为"伟大的不可知论者"，著有《为什么我是个不可知论者》等。

[2]纽曼（1801-1890），英国19世纪维多利亚时代著名神学家、教育家、文学家、语言学家。1817年就读于牛津大学三一学院，1925年担任英国牧师，1945年改信天主教，1851年出任新创办的都柏林天主教大学校长，著有《为自己一生辩护》《论基督教教义的发展》《与信徒谈信仰》等。

[3]欧几里得（前330-前275），古希腊数学家，著有《几何原本》十三卷，一直流传至今，也有关于光学和天文学的著述。

[4]自由党统一派的主张和政策。该派是自由党内由反对英首相格莱斯顿1886年爱尔兰自治法案而形成的以张伯伦为首的政治派别。

[5]拉塞尔（1852-1916），组织耶和华见证会的前身国际圣经学者协进会，创办《守望塔报》及守望塔圣经和书刊会并任会长。拉塞尔教派成员以宣传支持和平主义著称。

人——除了他们无视"为什么其他人不应该这么做"这样的争论之外，我看不到有什么理由——世界就会改观，我们就都会安享自由、平等和博爱，而在乌尔斯特大厅[1]中风琴弹奏出的是《统治吧，大不列颠》[2]。我的观点在某个方面有了改变，我转而成了一名国际民族主义者，而且我可以再次向你保证我强烈地相信我是对的。我一点儿也不在乎我过去曾相信过

改变观点

[1] 北爱尔兰贝尔法斯特市中心的一家音乐厅。

[2] 又称《不列颠万岁》，为英国海军军歌，也被英国陆军使用，歌曲显然是想寻求整个大不列颠岛统一的形象。

什么。我找到了拯救世界的要诀。

　　不幸的是我没有格莱斯顿[1]先生终身改变信仰的能力，并且不可能体验到转而信仰在我中年时期突然出现的任何新的信念所带来的极度喜悦。然而，我看到在我四周比较年轻的男人女人们正经历着改变信念的非凡体验。纯粹从一种认为快乐是人生幸福的最高境界的观点出发，我不得不想他们甚至不比从未改变过观点的贝尔福勋爵更应该受到羡慕。经历了人生而不曾改变观念转而信仰什么是一种麻木不仁的标志。理想的世界将是这样的一个世界，在这个世界上每个人都能改变信仰，同时改变信仰的人有可能承认他们错了。不幸的是这是不可能的。观点转变或者是改变的本质是转变的人应该知道他毋庸置疑是对的。我个人有时候倒希望那些不能确信他们是正确的人们结成一个同盟，来控制那些知道他们正确的人们，并且将这种值得高度赞赏的知识转化为对世界有利的东西。但是如此一来我面临这样一个问题：我不能确定我最新的观点是正确的，我甚至不能确定我认为自己最新的观点可能会不正确的看法是对的。

　　〔1〕格莱斯顿（1809-1898），英国自由党领袖，曾于1868年-1874年、1880年-1885年、1886年、1892年-1894年四次任首相，1872年实行无记名投票通过爱尔兰土地法案，1884年进行议会改革，对外推行扩张政策，1882年出兵侵占埃及，著有《荷马和荷马时代研究》等。

改变观点

是失败吗？当然是的

"教育失败了吗？"艾格尼丝·贝·缪尔小姐在给苏格兰教师工会[1]年度代表大会做的主席讲演中这样问道。对于这个问题，胆怯和态度冷漠的人想要做的回答是："是的，也不是。"那些像我一样喜欢办事更无拘无束一些的人会毫不迟疑地回答："当然是失败啦。"

没有人像学校校长那样辜负了人们的希望。没有人，是说除了牧师、医生、政治家、商人、制造商、工人、心理学家、自由思想家、发明家和其他许多人们，他们的名字无法悉数列出，因为那会占满一本书的。

我们这些可能会被说成是普通人的人们曾对所有这些人期

---

[1] 苏格兰教师工会（the Educational Institute of Scotland，简称 ETS），成立于1847年，是世界上历史最悠久的教师工会组织，关注社会变化对教育制度和教师地位的影响。

望过高。我们认为他们中的许多人有一种魔力，期待他们能拯救我们，而我们自己无须做什么努力。例如，我们认为只要我们把成千上万的年轻人培养成医生，我们就能够吃我们喜爱的食物，喝我们喜爱的饮料，按照我们喜欢的方式生活，并且当大自然开始要我们为自己的愚蠢行为付出代价时，能够靠着从瓶子里倒出来的饮剂而振作精神，恢复青春的活力。数以百万计的英镑花费在了办医药专科学校上，不幸的是我们却发现哈莱街[1]的精英们只能帮助那些自助者。它能为我们做许多事情，它可以一年一年地变换不同的时髦疾病，却不能保证那些无视消化规律的人永远有很强的消化力。所以，我断定医药是个失败，医生们使我们失望了。

在过去的历史中，或者在我们周围的世界上，再也没有什么事情比普遍存在的失败的客观事实更清楚的了。人着手干的事情没有什么是成功的。人的所有发明都像一尊破碎的希腊雕像，以不完美告终。我不否认人已经发明并几乎完善了许多绝妙的机器，但是人的所有机器，从印刷机到飞机，都使人们原先寄予的巨大希望破灭了。印刷机——难道它不是为了在所有阶层和所有国民中间传播真理和理解的吗？真理很强大，我们相信过只要它能印刷出版就会流传开来。我们认识不到，可以印刷出版的东西数量极其巨大，而允许见诸报纸书籍的真理却很少。印刷机能够广泛用来传播的不是真理，而是对真理的无

〔1〕哈莱街（Harley Street），英国伦敦一街道，许多著名的内外科医生居住于此；又作医学专家讲。

知。阅读曾被认为能够使人们独立思考，结果已经成了阻碍人们独立思考的工具。在许多欧洲国家，人们一定都在诅咒他们记忆中的卡克斯顿[1]或者法斯特[2]或者最初教给人们如何印刷的什么人。

我不是一个悲观主义者，但是人类的发明史差不多把我变成了一个这样的人。想一想快速运输方式的发明在人们宽厚的胸怀中激起的巨大期望。人们之间的距离拉近了，依靠铁路、轮船和飞船的帮助世界会变成一处地方。雪莱[3]曾经预见到气球的发明给世界带来的解救。然而，所有这些发明与其说使人们更加亲密倒不如说使他们互相烦扰争斗。希望情况会是别的样子那是没有根据的，或者不如说这些希望是建立在只要接近就必然会产生好感这一谬论上。当然经验证明接近既可以产生爱又可以产生恨。"我们会面越多，我们就越欢乐"，爱喝啤酒的人唱道。下面的说法同样真实，只是不那么富有诗意："我们会面越多，互相之间争斗得就越激烈。"

考虑到发明拯救人类的失败，时而听到科学家攻击教会感到奇怪，好像它是历史上最显著的失败。基督教毫无疑问是个失败，一旦它落入人的手里它不是个失败又能是别的什么呢？人是最了不得的失败策划者，担保他们能把任何天资聪慧都变

〔1〕威廉·卡克斯顿（1422-1491），英国印刷商、翻译家，1476年创办英国第一家印所，出版第一部英文百科全书《世界镜鉴》及其他各类书籍，译书二十四种。

〔2〕法斯特（1400-1466），德国早期的一名印刷商。

〔3〕雪莱（1792-1822），英国浪漫主义诗人。

成失败。有些人说："基督教没有失败，它还从来没有经过试用检验。"但这只是诡辩而已。它已经失败，就像别的每一种东西——从印刷机到飞机——都已经失败了一样。换句话说，它已经用于各种各样的目的，而这些目的和它最崇高的目标没有多少关系。也就是说，人类照例已经失败了。

尽管人类经受过一系列几乎从未间断过的失败，他们仍然满怀希望地前行，相信自己最终发现了成功的奥秘，在我看来，人类的这一点益发值得赞扬。教育的失败可以作为一个例子。人们曾经认为教育的一个主要目的是通过训练增长知识和培养良好的品格。拉丁文的词形变化和代数学作为针对一年一度的授奖演讲日[1]那所谓的人生战斗，它对年轻人进行训练的一种方式可能看起来没有什么用处，但是至少被认为有很大的训练价值。年轻人很不高兴地接受了训练，结果成了非常普通、和气宽容、没有能力和有过失的人。所以教育已经失败了，失败的原因可能是它致力于控制年轻人的精神世界。由此得出这样的结论：年轻人应该从规章制度的约束中解放出来，准许不上学，准许使用曾经被禁止使用的语言，准许以同等的地位和他们的老师讲话，而不是像在维多利亚时代的学校里经常发生的那样，被一种残酷的命运置于低下的地位。所以，一个新的了不起的试验在世界上展开来，充满着预示光辉前景的希望。许多相当明智的人都真诚地相信，在经历了几个世纪的

[1]授奖演讲日（speech day），英国学校中一年一度的授奖演讲日，在这一天学校向优秀学生授奖，特邀演讲者和校长做演讲。

教育失败之后，一种新的教育已经找到，它再也不会失败。我不具有这份信心。在我看来，人拥有相当高的失败的天资，所以是能够使不管什么事情都遭受失败的。

这就是为什么我感到对待现在许多要使世界摆脱过去失败的影响所做的试验难以热情满怀。例如，细想一下如今在许多方面都提倡的性自由的试验。性压抑曾经试用了很多个世纪，它失败了。它并没有产生出一个完美的男人和女人的种族。由此人们以为世界是能够被拯救的，或者至少是能够大大改善的，那就是要靠那可以称为性自由的东西，没有一个更好的词语来称呼它。（当然，事实上没有性自由这回事。）然而，就我看来，没有证据表明人们生活在新的规范下比生活在旧的规范下更幸福。自私自利会一直使人们痛苦不堪，在1937年要成为一个自私自利者会和在1887年一样容易。正是基于我们的自私自利，所有为争取完美进行的试验都最终告吹了。其实每一件事都失败了并且还会失败，这种情况直到我们为此做点什么才会改变——我也不知道做点什么。

这并不是说我想给一个新的时代投上一层悲观主义的阴影，事实上还有比生活在一个注定要失败的世界里还要糟糕的事情。有许多偶然获得的成功，相比之下，似乎是更振奋人心的亮点。如果我们考虑一下烹饪就会意识到这一点。在地球的大部分地方烹饪肯定是失败得很惨。烹饪没有给我们健康，没有给我们的味觉以快感。然而品尝一尾刚从河里捕捞上来的鲜美的鲑鱼或者是一只蒸炖得十分完美的松鸡，我们享受到多么快乐的酬劳啊！假若烹饪总是很完美，难道我们不会最终停止享受美食吗？幸运的是，在我们生活的世界上有可能会为吃上煮得很好的土豆，喝上一杯很香的咖啡而感到欣喜，如同寓言里的那个女人找回了她的六个便士一样高兴。生活着，周围有许多不完美的事情，这有着无穷无尽的欢乐。甚至诗歌总的来看也是个失败，对我们来说这是多么幸运的事情。倘若所有写出来的诗都很好，我们就没有时间阅读它。假如华兹华斯的诗词都很美，我们就简直没有时间读完；《颂歌》〔1〕和《高原收割者》〔2〕因为它们闲聊的气氛而看上去优美了许多。在我看来，我们应当祝贺我们自己，这是因为莎士比亚本人像基督教、教育和婚姻一样也是个失败。

至于教育，我钦佩它为争取完美所做的斗争。我也认识到它一定会继续斗争下去，但是我看不到它可能成功的迹象。我在自己的学校里享受过生活的乐趣，我在对我教得差的班级里享受到几乎和对我教得好的班级里同样多的生活乐趣。在我看来，一个学校的主要功能是办成一个孩子们的俱乐部。况且，如果它是一个好孩子的俱乐部，更确切地说一个孩子们的好俱乐部，那么从奥林匹亚的观点，教育是否失败关系就不大了。毕竟从治国之才到驾驶汽车每一件事都是失败，我们不妨在十几岁时就学会适应这一事实。

〔1〕华兹华斯的《颂歌》有《颂歌》《不朽颂》《责任颂》等。

〔2〕又译作《孤独的收割者》《孤独的割麦女》。

感到欢乐之时

欢乐至少又回到了伦敦的一些地方,过去酒吧、餐馆里从来没有这么多人就餐,他们身边还放着酒。然而总的说来,在过去了的四年半时间里餐馆里很少有沮丧的气氛。那时,住在红墙街的家庭主妇耗费掉一个个早上的时光,耐心地排着长队等候,但结果却发现没有黄油,没有猪油,没有茶叶,没有果酱,没有果葡糖浆,没有李子干,没有马铃薯,没有加仑子,没有橄榄油或者买不到不管什么她最想要的东西。甚至就在那个时候餐馆也从来没有关过窗户,而食品杂货店和甜食店有时会关。后来实行了定量配给,一个人在家里单单一顿饭就能把一个星期的牛肉定量的大部分吃掉。而在餐馆拿一个星期的配给券[1],他能吃上四顿极好的牛肉饭,在有些餐馆甚至

---

[1] 战时或者特殊时期配发给民众的票证,持票人可以凭票在付款后买到食品、衣物等。

能吃上八顿。毫无疑问，在英国的有些地方家庭主妇几乎不比去外面餐馆就餐的人更受限制。从多塞特郡、格罗斯特郡和苏格兰的一些地方旅行回来的人像从爱尔兰回来的人一样，愉快地讲述他们的见闻：就配给券而言，在国王的令状威力达不到的地区牛肉可随意购买，只要付钱就行。但是在伦敦，尤其是伦敦周围各郡，就感觉不到这种自由了。家庭主妇去买东西，好像是因犯获准假释在外；甚至那些感觉最迟钝的郊区人，也开始意识到维持日常生计不再像过去那样普通寻常，而成了每天的奇迹。倘若浮士德博士[1]复活，现代女士一定会祈求他施展魔法获得某种不比过了时令的葡萄还更不切合实际的食物；要是得到一听子果葡糖浆她就心满意足了。至于黄油，奇怪的是战争期间没有人为黄油写十四行诗。我看到过有人见到一小碟黄油两只眼睛确实因为爱意而湿润了。黄油一度像是从餐馆消失了，有些餐馆现在还在尽力帮助人们用一卷儿称作黄油代用品的东西欺骗自己。餐馆呢，似乎是比家里供应得要好一些，有这么三种东西给人们带来了欢乐——葡萄酒、果酱和加仑子。我承认我始终没有弄明白为什么加仑子竟然普遍被看作是真正完美的欢乐的必要成分之一，但是它们无可争议是这样的。假日里，一个孩子吃上一个哪怕仅仅掺杂了三颗加仑子的小圆面包，也要比吃一颗加仑子都不掺杂的小圆面包高兴三倍。一块没有加仑子或者葡萄干的板油布丁是监狱里吃的伙

〔1〕德国中世纪传说中的一名术士，为获得青春、知识和魔力，将灵魂出卖给魔鬼，德国作家歌德曾创作同名诗剧。

食，看上去引不起食欲，也让人郁闷。哪怕只有一颗不常见的加仑子或者葡萄干从一团面糊中探出头来，那也就是生日布丁了。人们对于加仑子普遍怀有热情，认为它可以帮助人们获得快乐，以至在过去的三个星期里，人们都感兴趣的事情中唯一能与凯泽[1]是不是会被绞死这个问题相匹敌的，就是圣诞节前我们是不是会有加仑子。加仑子并没有到，民众深感失望，于是报纸上登出解释说明原委，号召我们践行崇高的自我牺牲美德，为听说所有的加仑子都用来满足伤残士兵的需要了而高兴。但是如果加仑子都是士兵需要的，那么我们有时候又怎么会在餐馆的布丁上看见它们呢？在这个国家里，关心维护家庭生活的人们不能不为这种情况所烦恼，那就是在加仑子这个问题上，形势对餐馆有利而对家庭不利。说到果酱，在餐馆就餐的人高兴地吃着果酱面包卷，而家里的孩子费力地吃着木薯淀粉布丁。如同悲观主义者相信的那样，说英国的家庭衰败了，这有什么奇怪的？

不管是果酱面包卷造成的，还是布丁中罕见的加仑子造成的，自从停战[2]协定签订以来，要在一些餐馆里弄到一桌位置已经是异常困难。毫无疑问，停战协定签订本身和这点关系。每当有什么意义重大的事情发生，信仰基督教的人就一定要弄些东西吃上一番。结婚、一名英雄得胜归来、一位大政治家来访、基督降生日——我们发现在所有这些事情上都能找到

[1] 凯泽（Kaiser），1871年-1918年的德国皇帝。
[2] 第一次世界大战停战日为1918年11月11日。

无知的乐趣
Slow reading

理由要厨师们忙个不亦乐乎。甚至消化不良的患者也在人们普遍的兴奋中忘记了医生的嘱咐，他喝着浓汤，把牡蛎顺着喉咙的狭窄通道吞下，喝罢浓汤吞下龙螯虾，吃罢龙螯虾吞下火鸡肉，吃罢火鸡肉又吃下助消化的开胃菜，接着开胃菜吃下木莓酱桃子冰淇淋，吞咽下所有这些之后还不拒绝乳酪和香蕉，所有这些都有着液体——葡萄酒、咖啡和白兰地——伴着，溪流般淌进口里。我常常奇怪为什么一个人竟然会对以这样的方式伤害他的内脏感到欢乐。我再三注意到如果饭菜上得慢一点使他有时间思考一番，他的欢乐就会减少几分。欢乐的饭菜，如同闹剧，上演要快。侍者们来来回回地奔忙着，菜肴险象环生，这景象本身加速了想象，胃液也就以一种抑抑扬格的[1]节拍流动开来。谁不知道坐下来耐心地慢慢吃一顿饭在扬扬格[2]节拍中消化是什么样子？在上一道一道菜之间给一个人的时间让他变为一个哲学家，考虑着成为一名隐士，在山洞里吃上一碗米饭。没有什么能阻止一个人就此当即做出决定，除非是一名有着精神分析学家眼光的侍者，他一看见眼睑中的悲伤情绪就跑向前去用一盘新的菜肴或者一杯新斟满的酒来诱惑他。"求你们给我葡萄干增补我力，给我苹果畅快我

---

〔1〕抑抑扬格的（anapaestic），诗歌的抑抑扬格（anapaest）指由两短一长或由两轻一重音节组成的音步。

〔2〕扬扬格（spondee），诗学中的扬扬格，指由两长或两重的音节组成的音步。

心[1]"，这是人们普遍的呼声。我们渴望去出席宴会。或许我们对欢乐的感觉不如我们害怕感觉忧闷那么强烈。我们内心没有一种力量能使我们一面吃着莴苣一面笑，喝着水还妙趣横生。如果我们要驱赶走令人生厌的烦心事，我们的吃喝中就一定得有狂闹的成分，那就是守卫欢乐[2]。毫无疑问，糕饼并非去那样的糕饼，而麦芽酒更远非过去的样子。但是人们主张使用象征性事物，如果你给他们看上去像是糕饼和像是麦芽酒的东西，他们会十分满意，这的确有些奇怪。我们的吃喝只不过是一种游戏，我们进餐时欺骗自己，如同孩子们置身于他们的玩具中间。素食主义者甚至使用谎言来赋予他的食物本不具有的庄严和宏伟。伦敦有一家素餐馆，菜单上一道菜名字叫"素鸡肉"，真是高尚的虚假[3]！

目前伦敦表面上一个最令人惊异的情形当然是没有普遍的哀伤迹象。商店的橱窗像鹦鹉羽毛一样五颜六色，帽子像剪报资料收贴簿那样光彩夺目。甜食店竭尽所能让人看上去什么也没有发生过。单单一个国王的死就会比战争中那百万次的哀

〔1〕《圣经》和合本《雅歌》第二章第五节："求你们给我葡萄干增补我力，给我苹果畅快我心，因我思爱成病。"

〔2〕指物质享受，此处原文为cakes and ale，相当于merry-making，cakes为糕饼，ale为麦芽酒，指一种较一般啤酒更多酒精的淡色啤酒。

〔3〕高尚的虚假，原文为法语Splendide mendax，英语意思是nobly false，出自古罗马诗人贺拉斯。

痛更有效地给摄政街[1]的圣诞节笼罩上一层阴影。就好像我们对自己隐瞒这场可怕的灾难的消息似的。毕竟从街上的人群来判断大多数人还活着。我们发过誓说将永远不忘记其他那些人，但是一个人只要读一些竞选演说，就会看到对于许多人来说，我们自己的贪婪和恶意已经在驱赶走成千上万人为之牺牲了生命的理想。我们正感到欢乐难道可能不仅仅因为我们已经逃脱了战争的灾难，而且因为我们正在逃脱战争中许多人奋斗的目标吗？这就好像是我们从荒芜的山顶积雪地区回到了暖和舒适的繁茂的溪谷之中，我们很乐意把陪伴自己的星星换作更近一些的街道上的各色灯饰。熟悉的世界正在归来，百姓中的年轻人回家路上又已经开始在公共汽车顶上齐声歌唱杂耍剧场演唱的合唱曲：

我磨磨蹭蹭呀
蹭蹭磨磨，
蹭蹭磨磨呀，
磨磨蹭蹭；
要是找不到回家的路，
辅警的话儿你可别听，

〔1〕摄政街（Regent Street），伦敦西区的一条主要商业街，以摄政王乔治（George，Prince Regent，1811-1820）命名，后其继承王位，为乔治四世（George IV 1820-1830）。

他们和老资格的警官大不相同[1]。

毫无疑问，和平又回来了，这种老古董似的胡言乱语从一部晚了的公共汽车的车顶飘散到空气中。嗯，我们总是希望世界"还像往常一样"。我们对德国人发脾气，因为他们使我们突然陷入了战争的异乎寻常之中。对于那些要把我们一下子带到乌托邦的人们，我们也几乎感觉不到更友好。在恐怖的事物和理想的事物之中我们都感觉不到舒适自在。我们欣喜地期待着旧世界归来，而不是建立一个新世界。我注意到伯肯海德勋爵[2]宣称，如果战争没有使我们发生什么变化那将会是一种可怕的事情，然而甚至要在伯肯海德勋爵的演讲中看到任何深刻变化的迹象却是白费气力。毫无疑问，一项由战争造成的显而易见的变化是妇女在餐馆里抽烟的比过去多了。乐观的人们断言其他的变化即将发生，但是其他的人们——他们同样乐观——却正在竭尽全力阻止变化的发生。人类正逐渐一步一步地回复到传统的划分上，即盼望变化的人们和希望让事物保持

〔1〕这是一首歌舞杂耍剧场歌曲《我的男人》（My Old Man）合唱曲的一部分。歌曲充满了幽默，却也反映了20世纪初期伦敦劳动人民困苦生活的一个方面。歌曲中的一对夫妻由于付不起房租不得不连夜搬家。他们慌忙追赶一辆运货车。车上的人太多，妻子无法登上。丈夫要妻子跟着车，不要耽搁。路上妻子在一家酒吧停了停，喝了杯酒，便迷了路。她想到不能信任临时雇用的辅警，怕他们说不清街道的方向，必须问正规的老资格警察才行。
〔2〕伯肯海德勋爵（1872-1930），英国保守党政治家、律师、老练的演说家，20世纪初期身居要职，曾担任大法官。

现在样子的人们。对于两类人来说圣诞节都是一样的。在这样一个日子里，一个人甚至吃不上加仑子或者没有国际联盟[1]也能够高高兴兴。世界是一个好地方，让我们吃吧，喝吧，欢乐吧！

〔1〕第一次世界大战末期根据凡尔赛合约于1920年建立的国际组织，旨在促进国际和平与维护世界和平，总部设在日内瓦，于1946年解散，其某些职能由联合国取代。

五月

五月之所以不同凡响，主要是因为它是唯一一个这样的月份，在这个月份里，人不喜欢猫。或许六月也是如此，但是此后即使花园里到处都是猫他也不介意了。他希望有一只野兽，动作像撒旦的，那样慢吞吞的，把幼稚的鸟儿从醋栗灌木<u>丛</u>中，从木莓丛和草莓<u>丛</u>中吓得跑出来。我们知道，到了这么晚的时候他是不会有很多机会捕捉到它们的。它们会像他一样狡猾；旅鸫会给闹钟上紧发条，李子树上的椋鸟会像一只歇斯底里的雄鸭那样嘎嘎大声叫喊，而乌鸫弄出来的响声会像一座农家场院那么吵闹。猫只能漠然地面对这样一大群狡诈的哨兵，假装着出来只是要呼吸一下新鲜空气，威严地回到厨房去吃残

〔1〕普曼（1864—1945），美国鸟类学家，曾任美国自然历史博物馆鸟类馆馆长，著有《北美东部的鸟类手册》等专著。——译注（以下没有特别说明均为译注）

羹剩饭。然而，在五月和六月，人并不希望鸟儿受到惊吓。他想让他的花园成为一处阿尔赛夏[1]，各类鸟儿在此飞来飞去，唱各种各样的歌曲。要是花园都是猫，这希望就落空了。即使是泰特拉齐妮[2]，假如她每次一张开口，就有一只老虎沿着一条加仑子灌木丛小路朝她的方向放轻脚步走来，她也就不再能发出最美妙的颤音了。可以承认，是有一些例外的英勇行为。苍头燕雀蹲在李子树上，不管有猫没猫，高声地唱出他的乐曲。他唱着，毫无疑问只是一阵所有音色的展示，目的是要转移我们的注意力。他不是一个艺术家，而是一名警卫员。如果你朝他旁边的醉鱼草树里看一下，就会看见他的雌鸟正静静地动来动去。她一面微微地移动着，跳跃着，轻轻拍动着翅膀，一面狼吞虎咽地吃着虫子。在这个季节她飞着捕食昆虫；她一下子跃入空中，抓住要捕捉的猎物，身体快速旋转，落回到树枝上。她安静不下来，不满足于在单单一棵树上的战果。她像一名芭蕾舞女演员一样弹跳出去，姿势优美，落入李子树中，嘴里衔住一只毛虫。她并不立即把虫子吃掉，而是一动不动地站在那里，眼睛看着你，好像等着你为她喝彩似的。她的老公蹲坐在树的梢枝上，继续唱着他自己版本的《老英国的烤牛肉》[3]。即使是现在她也不吃掉那只毛虫，而是在树枝的

[1] Alsatia，伦敦一地区，旧时负债人及罪犯麇集于此避难。

[2] 见P49注[1]。

[3] 一首英国爱国民谣，英国作家亨利·菲尔丁为其戏剧所作，现也用作英国皇家海军和美国海军陆战队的歌曲。

小道上急促地跳来蹦去，目的很明显，那就是要找到一只可口的虫子和那毛虫一块儿吃。可能在苍头燕雀的世界里有些昆虫起着芥末或者辣酱油[1]的作用。不管怎么说在她匆匆飞回窝里之前她在调理着多么美味的一餐饭啊！在苍头燕雀中，似乎雄鸟在精神上占主导地位，然而，与雌鸟相比他做得实在太少。他仍然处于未曾开化的状态，在这种状态下，雄性羽饰很漂亮，也很懒散。

鸫对猫不能也这样满不在乎。他是父母中最紧张不安的，要花费自己的一半时间叫孩子们小心谨慎。幼小的鸫在草地上跳来跳去，一点儿不知道猫的存在，也不肯相信猫是危险的。小东西甚至连人也不害怕。他的父亲和他争辩，急得眼泪都掉下来了。但是那小东西还待在原地不动，向一边猛地扭一下头看着你，像是真的在说："听听那个老家伙吧。"就是你也开始对这样的英勇无畏担忧起来。你像那可怜的父亲一样，知道世界是个非常危险的地方，而且知道你邻居的猫像一头咆哮的雄狮走来走去寻找吞食的对象。一些科学家一直有这种看法，那就是所有的鸟生来都是什么也不怕的，像是幼小的鸫那个样子，惧怕是比较老练的父母必须传授给每个新生代的课程。他们说惧怕不是一种遗传的本能，而是种族的传统，像文明人的道德那样传递。草地上幼小的鸫当然见证了这一理论。他跳跃着接近你，而不是躲开你。他动了动他张开的喙，似乎想要说

〔1〕辣酱油（Worcestershire Sauce，也作 Worcester Sauce，Worcestershire 是伍斯特郡，英国原郡名），是一种含有酱油和醋的辣酱油。

什么。倘若世界上没有猫，你会对他的过于自信加以鼓励，但是你感觉到，尽管你很喜欢和他交朋友，为了他好你必须给他上畏惧的第一课。你试着装出一个阴森可怖的巨人的样子，但这对他毫无效果。你加快脚步要把他驱赶走。他跑开了几码，然后停下来往四下看，瞅着你，好像你在做一个游戏似的。要叫你为了鸟的好而去攻击他，那未免对你寄予太高期望了，于是你放弃了对他的教育，觉得这不是个好活儿。哎呀，过了两天，你最最可怕的担心被证明是有道理的。他的尸体，被撕碎了还弄得皱巴巴的，在树丛中被发现了。有那么一只猫杀害了他，显然杀害他不是因为饥饿，而是为了玩耍开心。两只愤怒的鸫的雏儿，一只金黄色，一只褐色，发现了那具尸体并且讲开了这个故事。他们为这样的一只鸟准备丧葬仪式，而他的过错就是他的天真。这不是花园里的第一次葬礼，南墙边的一株梨树下已经有一个墓地，有大约六个十字架作为标记，还堆满了花。这就是老鼠的埋葬处，是椋鸟的埋葬处，也是兔子的头盖骨的埋葬处。他们都长眠在泥土下面的盒子里，正像我和你将来会长眠在那里等待最后审判日的号声吹响。欧鸲对待"未埋葬的人的孤独无助的尸体"并不比孩子们对待老鼠和鸟的尸体更友善。这里没有什么动物的鬼魂经常出没，来责备我们没有为他们建造坟茔，像《希腊选集》记载中被冲刷上异国他乡海岸死去的水手常常责备我们的那样。一列队伍朝墓地走去，应有的仪式都有了，甚至还有葬礼。说到椋鸟，或许有礼仪不周之处〔1〕。然而，埋葬者怀有好意，此时诗歌中他们最喜爱的是《克禄西姆的拉斯波塞那》〔2〕，就他们所知道的，他们给了椋鸟最好的了，从头到尾都给了他。他如何理解这首诗不得而知。据说他是一个易动感情的鸟，尽管他可以说是一个惯于讽刺者。有人无意中听见他们的话，建议将来举行一个更简短些的合适的葬礼。雏鸫得益于这个意见，便在"不要再怕烈日暴晒"〔3〕的坟墓上那最崇高的告别词的朗诵声中被安葬了。他现在去了一个既没有猫也没有父母打扰他的地方。埋葬他的神父们断言他已经变成了一只金夜莺，还断言花园里三天一定不会有吵闹或者戏耍的声音，因为到那时他才平安到达俄普勒阿得斯〔4〕；这是他们给普勒阿得斯〔5〕取的名字——那是七座金岛屿，死去的老鼠和鸟还有玩具娃娃的灵魂都从那里经

〔1〕椋鸟模仿许多种其他鸟的声音，还模仿诸如电话机盒、汽车等的声音。若教它们一首歌曲，它们重复时一定有点走样，因此在葬礼上使用它们不大合适。

〔2〕拉斯波塞那是意大利中西部古国伊特鲁里亚（Etruria）国王，统治克禄西姆城。据罗马史料记载他在大约公元前508年发动攻打罗马城的战争。据传拉斯波塞那死后葬在一座精心建造的坟墓内，墓高15米，矩形的基座每边长90米，装饰有尖塔和巨型铃铛。公元前89年罗马将军苏拉把坟墓和克禄西姆城夷为平地。

〔3〕莎士比亚诗歌中的话，意思是人死了可以安静地长眠于地下，不再怕烈日炙烤和冰冻风刮。

〔4〕〔5〕俄普勒阿得斯（Appleiades）是作者根据普勒阿得斯（Pleiades希腊神话中巨神阿特拉斯和普勒欧内所生的七个女儿，被主神宙斯变作天上的群星即昴星团）杜撰出的七座岛屿。

过，斯卡拉蒂[1]住在那里，如果你让他们满意也有可能去那里。甚至黑猫或许也去那里，是一个人自己的黑猫，而不是邻居的那只带有红色的、棕色的猫——一个窃贼、凶手和野兽。是邻居的猫使我们相信地狱的存在。

　　人的记忆是短暂的，而孩子们的记忆更短暂。没有什么阴暗能够抵挡得住五月在深蓝色的牛舌草和浅蓝色的羽扇豆中倾泻出来，在金链花的黄色中涌出，像风中的潮水那样摇曳。一个人看着莴苣，觉得它们怎么就生长得那么慢，或许感到郁闷。看植物生长就像看水壶里的水煮开一样，似乎要用千万年。园丁们的耐心总是令我惊奇。加入园艺是我的职业，我会花一半时间来计划让植物像蓖麻树那样一夜之间长大[2]。我不应该把欧洲防风放在心上。欧洲防风可能像栎树一样很长时间才能长成，它生存时间多长，这不是我的事。可能为欧洲防风进好言就和可能为波纳·劳[3]先生进好言一样，但是，这我并不清楚。它们甚至于没有把黏叶蜂和大蚊幼虫从莴苣上吸引开。再也没有什么比听到一位朋友承认他喜欢欧洲防风更让人困惑不解的了。一时间，一条鸿沟裂开，比供认出任何宗教

---

〔1〕斯卡拉蒂（1660-1725），意大利作曲家，那不勒斯乐派代表人物，创作意大利歌剧前奏曲快板—慢板—快板三段形式和反复三段体的咏叹调，作有大量歌剧、室内康塔塔、清唱剧等。

〔2〕此典见《圣经·旧约》《约拿书》第四章第十节。

〔3〕波纳·劳（1858-1923），1911年-1921年及1922年-1923年为英国保守党领袖，1922年-1923年任首相，曾任战时联合政府的殖民地事务大臣、下院领袖、财政大臣，力主保护关税，坚决反对爱尔兰自治。

五月

107

或者道德上的怪癖所造成的鸿沟还要深。一个人的同情心本能地关闭了，就像海葵被小孩的手指触摸闭合了一样。但是，人们还是食用它的。关于它们，我和你所知道的都不是那一类恭维它们的话。然而，如果你在一年里合适的时间到科文特加登^{〔1〕}去，你就会看到它们在作为食品被出售。但是，既然知道一个人已经不在他的菜园里种植它们，它们怎么还会让他忧伤呢？或许一个人忧伤是因为他想到一定还有许多别的菜园，它们在这些菜园里面生长。然而，这一类的忧郁仅仅是一种慈善性的赠予。不如把眼睛转向草莓花，想一想六月。想一想蚕豆和嫩豌豆荚，在它们高高的桩之间平平安安。甚至想一想大葱。苍头燕雀歌唱，鸫鹭在菜园墙的那一边唱着歌剧。褐雨燕在高高的空中急速地四处飞来飞去捕获昆虫，尖叫着，像几支马球队疾驰，停下来，混战在一起，转过身，又疾驰开来。褐雨燕是看上去让人讨厌的鸟，但却喜欢嬉戏。他一点儿也没有燕子的优雅，因为他不能把翅膀收拢，并且他像崇拜魔鬼的人穿的衣服那么黑。他还是比大多数的鸟对游戏懂得的要多。我猜想那些急飞猛冲的伙伴们并不只是把精力集中在食物上，而是已经挑选出了单独的一只虫子，就像一场比赛中的球一样，作为他们追逐的对象。不然的话，为什么弄出这么激动的气氛呢？有数万亿的昆虫供鸟儿捕获，仅仅询问一下便可知道；鸫鹭了解这一点。他一顿饭能花上一个小时，却不从他站的树枝上

〔1〕科文特加登（Covent Garden），英国伦敦一广场名，曾为伦敦主要水果、花卉和蔬菜市场。

飞十码以上。一个人仍然为褐雨燕的精力感到高兴，他希望金翅会有一些这样的精力。毋庸置疑，金翅的翅膀上黄色的斑点是令人愉快的，但是，为什么他会在刺槐上歇息那么长时间，像一只有病的蟋蟀那样恸哭呢？又为什么华兹华斯写了一首诗来赞扬他？或许华兹华斯把别的什么鸟错当成金翅了。诗人们就是这个样子。或者是说不定他喜欢像有病的蟋蟀发出来的这种鸣叫声音。对于华兹华斯你可永远什么也说不上，他有一座布谷鸟自鸣钟[1]。

〔1〕布谷鸟自鸣钟（cuckoo-clock），一种报时发出类似布谷鸟叫声的钟，最具代表性的此类钟表是每发出一次叫声一只机械布谷鸟就弹出一次。

双 腿

"谁要是不用自己的两条腿，那他就是在去往哈莱街[1]的路上，"乔治·梯里爵士[2]在为庆祝一部名叫《国民的健康》的新影片上映举行的午餐会上这样说。他直言不讳地告诉同他一起进午餐的人："现代城市生活，因其有各种各样的发明使腿显得多余，成了健康的大敌。"我完全相信，客人们在对这种崇高的思想情感鼓掌表示赞扬之后，离开餐厅，照样乘坐出租车和私人小汽车，排成长长一串回家或者回办公室去了。假如他们中有百分之二的人听了乔治·梯里爵士的警告，步行那么一英里，我听说了都会感到惊奇的。

步行是生来就有的，而爱好步行是后天养成的嗜好。人为了达到不必行走的目的，从很早的年代起就已经做了什么样的发明创造啊！他驯服了马、驴、骆驼和大象作为他的坐骑，制造了各种形状和各种尺寸的车辆，还把马套在车上，这样他就能够坐着从一处地方到另一处地方，双腿也就不用劳累了。蒸汽时代使得越来越多的人能够坐着去长途旅行，这令他十分欣喜。接着出现了有轨电车、电气火车、公共汽车、汽车，如今已经达到这样一种程度，那就是数以万计的人早晨坐着车去上班工作，晚上又坐着车回到家中。

我们妒忌那步行的人，这事多么难得一见；另一方面，坐在行驶车辆上的人则一直以来就受到我们极大的妒忌！乔舒亚·雷诺兹爵士[1]意识到了这一点，所以他乘坐双驾马车四处招摇来宣传自己。我承认幼年时甚至妒忌开送面包车的人。我妒忌坐农场运货车和那些乘坐克罗伊登车、马球用车、轻便两轮马车、四轮敞篷轻便马车、学校用车、维多利亚马车[2]和双轮双座马车的人们。似乎没有什么比坐在行驶于乡间道路上的跨斗摩托车里或者轿式汽车里更叫人欣喜若狂了。现在坐着对我来说已经成为习惯，如同抽烟一样，以至于我不能再从乘坐出租车或者乘坐哪怕最豪华舒适的汽车那里得到什么实实在在的乐趣。但是，我想我一定宁愿乘车也不愿意步行，因为

〔1〕乔舒亚·雷诺兹（1723-1792），英国学院派肖像画家、艺术理论家，1768年创建皇家美术院并任院长。主要作品有《约翰逊博士像》《希斯非德勋爵像》等，著有《艺术演讲录》。

〔2〕维多利亚马车（victoria），一种双座四轮折篷马车。

我很少走路。

我并不为人们通常对于步行的反感辩护。我谈到它是因为这是一个值得注意的事实，而不是要夸赞它。我同意乔治·梯里爵士关于步行的优点所说的每一句话，但是，认识到它的优点是一回事，要实践它又是另一回事。

医生们推荐散步作为一种锻炼的方式，我们甚至同意他们把保健体育运动作为散步的同义词。同时，我们得先患病或者处于一种不健康的状态，然后才会养成保健运动的习惯。散步就好像成了治病的药丸，这让大自然颜面尽失。我想象不出能有几件事情比那些人的行为更不合适的了，那就是他们散步的目的是为了有好胃口吃礼拜天的正餐，或者稍晚些时候出来散步，以便把那正餐生成的后果排掉。难道就是为了这个树木正长出叶子，鸟儿已经从非洲归来——看一看一个为自己健康状况过分担忧的人在阳光下不情愿地迈着双腿，带着一个不胜任其职能的胃晃来晃去。毕竟只是在不久之前，人直立行走的能力才使他居于野外的兽类之上。如此崇高的能力不应该被降低到药瓶子的水平。散步应该是为散步而散步或者压根儿就不散步。健康所需要的所有锻炼都能够在卧室里从专利产品划船练习架上得到。

即使如此，我还是不能同意那些为散步而散步的了不起的步行者——威廉·赫兹利特[1]和罗伯特·路易斯·史蒂文森——的看法。他们完全埋头于一个人散步，连个同伙也不要，这不符合我对幸福的看法。我能够体会到独自一人步行一英里，或者是一小时乃至一下午的乐趣，但是，大步向前走一英里又一英里，走一小时又一小时，走一天又一天，孤零零的一个人，甚至于身边没有一个人考虑一下诸如在下个村庄"他们什么时间开始"的问题，这要么是苦行主义要么是享乐主义的境界，我永远也达不到这样的高度。赫兹利特谈到他独自一人散步时的心境，他说："我大笑，我跑步，我跳跃，我高兴地唱。"我自己坐在敞篷大马车上，而非一个人在路上徒步旅行，更能感觉到的大致就是这种心情。然而，甚至赫兹利特也承认，有个同伴未必一定会把散步变得兴味索然。他写道："我同意，旅途上有一个话题谈起来很愉快，那就是晚上到达客栈时大家吃什么。"许多了解英国客栈食物的人都会认为这是一个令人郁闷的话题。但是，看到在一位如此固执的步行者身上其严苛程度有所减弱还是高兴的。

至于史蒂文森，他在坚持自己有关恰当地使用两条腿的理论方面比赫兹利特还要更不通人情得多。他不仅反对散步时有个伴儿，而且反对那些把散步看作是观看乡村景色的一种方法的人们。他态度平和地宣称："有许多相当好的欣赏风景的方

〔1〕威廉·赫兹利特（1778-1830），英国作家、评论家、浪漫主义时期大散文家，与兰姆齐名。著有《莎剧人物》、评论集《英国戏剧概观》及散文集《席间闲谈》等。

法。……散步途中观看风景只是件附带做的事。兄弟会的人旅行不是为了去看美丽如画的景色，而是为了追求某些舒心愉快的感觉——早晨在期望和激情中开始行程，晚上在平和精神满足中安歇。"[1]

在我看来，如果步行者把两条腿看得比两只眼还重要，好像是牧师们对他的幸福看得更重要那样，他倒也可以在煤渣跑道上散步。实际上，现在人们在谈论很多把煤渣跑道用作步行者健身场地的事。这个地方没有汽车在不该打断他思路的地方不时打断他的思路，没有珍禽奇花让他一次又一次地停下脚步，或者让他从全神贯注的跑腿的精神愉悦上分心。

可能是我误解了真正步行者的精神实质，或许我所认为的步行只不过是溜达闲逛。而我从溜达得到的乐趣不在溜达本身，而在沿途所见所闻。我出去溜达更多地是要看鸫鸟是否已经归来，而非为了呼吸进灌木丛生的荒原上的风。我愿意白天在白金汉郡溜达看樱桃树开花，而不愿意在伦敦步行那么一码去享受乐趣。事实上，我生就是个喜欢散步的人，总是愿意步行上一英里，或者甚至两英里，去看任何使我感兴趣的东西——从大西洋到戴菊莺，从大教堂到苍头燕雀的窝。我对伦敦主要的不满是它的许多地方不值得去散步。如果乔治·梯里爵士希望城镇居民更多地使用他们的双腿，他就应该发起一个运动，把城镇建设得更加吸引眼球。假如把整个伦敦建设得都

[1] 史蒂文森的散文《远足》（Walking Tours）中的话。

像汉普斯特得的教堂街[1]那样漂亮，你就会看到现在许许多多乘坐公共汽车和有轨电车的人将改作步行去买东西和去上班，或者至少你应该这么做。

当然啦，开汽车的人已经把乡间弄成了一个没法儿散步的地方，除非那里有乡间小路或者有长着草的丘陵地。现今观赏乡村唯一安全的方法是坐在汽车里，并且除非事态朝着更安全和顺利的方向发展，否则很难相信民众会意识到他们还有双腿要用。乔治·梯里爵士说："谁要是不用自己的两条腿，那他就是在去往哈莱街的路上。"但是，大家都知道，谁要是用自己的两条腿，也完全可能在去往医院的路上。这就是现代人的困境。假如赫兹利特或者史蒂文森现在描写汽车交通事故，我禁不住想，会有某种痛苦的语气不知不觉地出现在《论旅行》和《远足》[2]这些散文名篇中。贝洛克先生[3]本人是现代最了不起的步行者之一，在汽油征服整个世界之前，他以一名步行者——如果这个形象值得采纳的话——而出了名。

然而，如果你喜欢医院胜过去哈莱街，你更喜欢前者的

[1]伦敦汉普斯特得最漂亮、给人印象最深刻的街区，包括圣约翰教堂、街道和散步林荫道等。

[2]《论旅行》（On Going a Journey）是赫兹利特的散文，《远足》是史蒂文森的作品。

[3]贝洛克（1870-1953），英国诗人、散文作家和历史学家。著有轻松诗集多卷、《英国史》四卷及传记等。

话，你必须沉溺于散步之中，至少一定要记住希波克拉底[1]对于这件事所给的指点。这位伟大的医师写道："冬天步行要快，夏天要慢，除非是在火热的阳光下步行。肥胖的人要走得快一点，瘦的人要慢一点……胖人如果希望变瘦，愿意尽力的话，应该一直快走；喘气的时候，吃点食物；凉爽下来之前，先喝掺水冲淡了的葡萄酒，但不要太冷。"如果严格遵循这些指导，哪怕是最肥胖的人也应该能够为了自己的健康迈开双腿，除非是他这样做的时候让汽车撞倒了。然而，即使让汽车撞倒了，想到自己是为了身体健康倒下的，还有至少避免了他因为肥胖而受到的羞辱和省去了不得不去哈莱街看医生的花费，他也会感到安慰的。

[1]希波克拉底（前460-前377），古希腊医师，被称为"医学之父"，生平不详，现存《希波克拉底文集》，内容涉及解剖、临床、妇儿疾病、预后等，但经研究，该文集并非一人一时之作。

首次渡过大西洋

我很少怀有清教徒前辈移民[1]那样的激情,而渡过大西洋也从来不在这很少的激情之中。

既然现在我已经第一次渡过了大西洋,我能够理解奥斯卡·王尔德[2]说他对大西洋失望是什么意思。我觉得它好像是一只不好不坏的蛋[3]那样的大洋。在一个风雨交加的日子看到它就像布莱顿[4]下雨的星期天的大海,同样令人沮丧。

[1]清教徒前辈移民(Pilgrim Fathers),1620年到达北美洲创立普利茅斯殖民地的一批英国清教徒。

[2]奥斯卡·王尔德(1854-1900),爱尔兰作家、诗人,19世纪末英国唯美主义的主要代表,主要作品有喜剧《认真的重要》《少奶奶的扇子》和长篇小说《道林·格雷的肖像》等。

[3]不好不坏的蛋(curate's egg),质量优劣兼备的东西。源出1895年Punch杂志所载一胆小的助理牧师与主教共餐时分得一只坏蛋,却说此蛋也有部分是极好的。

[4]布莱顿(Brighton)英国英格兰东南部城市,临英吉利海峡。

由于浮在洋面上的巨大冰块间沉聚着浓雾，简直什么也看不到，所以这绝不比从主餐后差不多一直响到黎明的雾角的呜咽声更惬意。

尽管如此，我本人不应该说我对大西洋失望了。我只是对它的大约五分之二感到失望，其他的五分之三就像一部南太平洋诸岛影片中的环礁湖那样迷人。

在我离开之前，一位朋友谈到大海，对我说："坐在这些大船上，你甚至不必看那可恶的东西。"

然而，我没有朋友的达观气质，如果大海就在我的身边，我会忍不住看它，而且我喜欢从大船的顶层甲板上看它。

离开陆地两天，躲在一堵帆布墙后避风，将绳环投向编了号的方格内和把时间花费在类似的游戏上，在我看来对于大海和英国女皇号轮船来说都是一种糟跶。再者，尽管我和所有活着的人同样喜欢怠惰，但我不能赞同那些乘客的倦慵懒散，他们整天懒洋洋地躺在玻璃后面的甲板躺椅上，读小说和有关欧洲局势的书籍。

我一直有这种看法，即使在火车上，手里拿着一本书或者膝盖上放着一本书并不算什么过错，但是如果对书比对车窗外的景色更留心就是一种过错了。

然而，在这些事情上我显然属于少数，因为乘船旅行的人越多，他们越坚持把尽可能多的陆地上的生活乐趣带到海上。

一天下午，我忍不住去看了电影，那是我们旅程中的一个雨天。我还违反自己的原则玩了两局沙狐球游戏[1]，这主要是因为游戏新颖，而不是因为我是一个沙狐球游戏迷。除了这些差错之外，我真的能够夸口在旅途上我尽量避免了在精神上和体力上有任何劳累。

第三天，我的坚持有了回报；那天，鲸在远处开始喷水。它们距离我们很远，假如海浪汹涌，我可能注意不到它们，因为它们喷出的白色水柱在满是波浪碎成的泡沫的海上是不会引人注目的。

毫无疑问，自然界里有比在远处喷水的鲸更可爱的东西。但是，我一直想看到一头鲸。我怀疑会不会有人某天第一次看到了一头鲸，却觉得那天是白白浪费掉了。我看到世界上一头有名的庞然大物认为是件令人快意的事。

对于冰山我觉得没有把握。倘若冰山能够用人工融化，我想我会主张当那如同舰队一样的冰山离开极地时就立即把它们整个融化掉。然而，一个人第一次看见冰山还是激动的。晚饭接近尾声时，人们听说一座冰山清晰可见，便从桌边站起身，赶紧往舷窗跑。没有哪一个初次见到这种场面的人会不加入蜂拥的人群。看到那巨大的冰块浮在海面上，在白天的余光下如同一艘战列舰令人生畏，没有哪一个会不产生某种振奋的感觉。

我们刚刚看到冰山，船外的一切，冰山和别的什么东西，

[1] 即打圆盘游戏（shuffleboard, shovelboard），用木棒将木或铁制的圆盘打入标线区的游戏，常在船甲板上玩。

全都消失在寒冷的大雾中了。

我乘坐电梯升到休息室甲板。我透过玻璃朝外凝视一片黑暗。我听见一位美国人对他的妻子说："我猜想要一座相当大的冰山才能毁坏掉这艘船。"这句话本应该听起来让人得到安慰，但是，不知怎么地，接着好像是响起了一阵雾角的嘟嘟声，那句话因此没有使人振奋起来。听到一位快乐活泼的乘务员的话才让人放下心来，他说："当今吃冰淇淋造成的危险比碰上冰山还要大。"

因为从甲板上朝外没有什么东西可看，我转身进了尼克博克酒吧[1]，那里一位满脸郁郁寡欢的英国人正在询问一位加拿大人有关英联邦自治许可证发放法律方面的事。

他说："你是要告诉我从加拿大的一端到另一端连一家酒馆也没有吗？"

那位加拿大人对他说："我们有啤酒店，但是没有酒店——没有什么地方能让你买到威士忌酒和苏打水。"

"啊！"那英国人惊叹道。

雾角同情地呻吟着。

"你可以在一些旅馆里加入一个俱乐部，以这种方法弄到烈酒喝，"那加拿大人继续说，"你也可以弄一张政府发的许可证，买一瓶带回家。"

那英国人问："你们火车上的情况怎么样呢？火车上能喝

〔1〕尼克博克酒吧（the Knickerbocker Bar），Knickerbocker是"纽约早期荷兰移民的后代""纽约市（州）人"的意思。

120

酒吗？"

"不，火车上不能喝酒。"那加拿大人说。

"啊！"那英国人说，"我往温哥华去的。"

雾角又发出了一声极度痛苦的呻吟。

"你可以装在袋子里带点。"那加拿大人怂恿说。

另一位英国人评论说："我认为你通过萨斯喀彻温省[1]时必须十分小心谨慎才行，听说那里有些农夫十分严厉刻板。"

"不，农夫们不会打扰你的。"那加拿大人大笑起来。

"他们最好不要试图这么做。"那英国人说道。他把两臂交叉在胸前，坐在那里，陷入了愁闷之中。这时，船缓慢向前行驶，穿过浓雾，发出刺耳的声音。

早晨醒来眼前是一片阳光明媚的世界，多么令人愉快啊！一个人起床后透过舷窗看到的第一件东西是远处的冰山，它看上去像是蓝色的海水中央一座用雪做成的农庄。后面跟着一座又一座冰山，给人的印象是在考斯[2]举行的一场游艇比赛到了最后一段距离。

我们的船驶过最后一座冰山时，它离我们只有大约二百码。那是一座结构宏伟的物体，耀眼的绿色海水冲洗着它的底部，泛起白色的泡沫。

〔1〕萨斯喀彻温省（Saskatchewan），加拿大中部的一个省。

〔2〕考斯（Cowes），英国南部怀特岛上的一座城镇，作为快艇中心享誉世界。

"它确实美极了。"那英国人热情洋溢地说，完全忘记了加拿大许可证法律的事情。

于是，又有两天我们在阳光中驶过蓝色的海水，进入了圣劳伦斯湾，并且沿河向上行驶，两边是树木茂盛的丘陵状的河岸，就像柯尔库布里[1]沿岸一样，最后我们看到了魁北克的高地。

当然啦，如果天气好，大西洋和它的许多小海湾还是非常漂亮的海洋。假如渡过它不是花费那么长时间，我会有兴趣多去几次。

〔1〕柯尔库布里（Kirkcudbright），英国苏格兰南部城市。

最讨人喜欢的动物

朱利安·赫胥黎[1]教授在他为《野生鸟类的歌声》所作的"序言"中说道:"我认为鸟类比动物界的其他任何群类给予人类的快乐和趣味都要多,或者至少给予更多的人快乐和趣味,也许比动物界所有其他群类加在一起给予的还要多。"如果我们不考虑驯养的动物,可能情况确实如此。假如赫胥黎教授做出这样的概括时包括了驯养的动物,我说不准——至少在世界上这一块地方——鸟给予人们的乐趣是不是比猫给予人们的还要多。我们多数人对于猫作为一个"群"确实并不喜欢。如果我们喜爱鸟,我们对差不多任何鸟都喜爱。另一方面,我

[1]朱利安·赫胥黎(1887-1975),英国生物学家、科学哲学家、作家,托马斯·亨利·赫胥黎之孙,研究激素、发育程序、鸟类学、生态学等,1946年-1948年任联合国教科文组织总干事,著有《动物王国的个体》《生命科学》等。

们可能会一心喜爱某一只特定的猫，对于跑来向它挑战、要在我们花坛中间同它争斗的它的同类中的其他成员，我们一点也不喜欢。我们喜爱猫是作为个体来爱的；我们喜爱鸟，通常是作为种类来爱的。我们的猫不仅仅是一只猫，他是莫斯或者是彼得，而一只鸫鹛仅仅是一只鸫鹛。所以，我们对一只猫的情感就像我们对一个人的情感那样经久不变。它使我们享受到个别特有的感情乐趣。尽管它无休止地宣称要独立，却使我们的占有本能得到满足。鸟难得这么做，除非它真的在我们的花园里筑了巢；即使那样，不仅是在仲夏的欢乐之中，也在冬天那些阴暗的日子里，它通常意识到没有什么能把它同我们结合在一起。那些蓝山雀，我们曾钦命供给它们椰子肉吃，却也随心所欲说来就来说走就走了。或许就是鸟类的这种不忠令人恼火，使得人们当初就把它们关进笼子里。笼子外面的红额金翅雀也是不能信任的。

在我看来，因为这种不能信任的感觉，把一个人同一只鸟连结起来的感情不如同猫连结起来的感情深厚。当我考虑人们从听到他们的猫发出的呜呜叫声和看到玩耍的小猫所得到的所有乐趣时，我想这在量上是不是超过他们从观察鸟类和听它们歌唱得到的欢乐。喜爱狗的人关于狗会提出类似的问题，喜爱马的人关于马也会这样问。谁能测量猫、狗和马给予人类的欢乐呢？

但是，如果我们要从诗人那里得到有关这件事的证据，我们就必须承认赫胥黎教授是对的。在现代世界上至少写关于鸟类的诗歌比写关于猫、狗和马的诗歌总和都要多。在一只鸟面前，诗人表现得心醉神迷，而在一只猫面前，他极少欣喜若狂。像格雷[1]，总是在批判中透出幽默，证明他的快乐并非最大的快乐。济慈不可能写一首如同他写给夜莺的那些充满激情的颂歌来颂扬猫。或许是猫的声音使得这种欣喜若狂中的赞颂变得困难起来。还有雪莱，不管他是多么喜爱狗，他绝不可能用他热情赞扬云雀时使用的那些可爱的形象来赞扬狗。由此我推断出我们对猫和狗的喜爱中有一种平凡的无诗意的成分。它们给予我们的是可以称之为家的欢乐，而鸟给予我们的欢乐却是一种人间天堂的欢乐。

　　我仍然相信喜爱猫和狗的人比喜爱鸟的人要多。假如人们像诗人们那样喜爱鸟，普通人就会不辞辛劳去了解它们的名字和歌声。我相信普通人分不清紫崖燕和燕子。他知晓欧鸲，那是因为欧鸲坚持要人认识它。但是，如果一只鸫鹟正在你的花园里歌唱而你告诉他这是一只金翅，他也会接受你的说法而不显露出任何惊讶。几天以前，一位朋友告诉我他刚刚学会区分画鹛的歌声和乌鸫的歌声。他做到这个是靠着一张留声机唱片的帮助，唱片上灌有《野生鸟类的歌声》。我说这么多并不是想表明大多数人没有从观看鸟的样子和听鸟的歌声中得到欢乐。当代一位杰出诗人写了一首很美的诗歌描写他听到的一只鸟的歌声，尽管他承认他不清楚那是鸫的歌声还是夜莺的。我自己的经历告诉我，一个人可能为一只鸟的歌声陶醉，虽然他不知道这鸟叫什么名字，甚至也不那么有意于知道它的名字。

[1]格雷（1716-1771），英国诗人，浪漫主义运动的先驱，诗作不多，代表作为《墓园挽歌》，全诗128行，用8年时间完成。

作为一个城市居民，我曾经知道的鸟很少，这不管是就鸟的样子还是歌声而言；我是说我不能识别它们，这种状况直到我三十多岁才有所改变。

于是乎突然有了转变，我开始仔细地朝矮树树篱和树林中凝视，还全神贯注地读有关鸟类的书籍。我渴望了解山雀科的所有鸟。我竖起耳朵以期区分开园莺的和黑顶莺的歌声。我把看到黑色橙尾鸲莺的那一天算作值得纪念的吉日，附近有翠鸟存在的传闻会让我不停寻找好几天。我会驱车到很远去看一只达特福德刺嘴莺[1]，如同驱车去看方廷斯修道院[2]那么远。这样，尽管我本性最为懒散，这种渴望却没有变化。我在加拿大时，去看蜂鸟比去看洛基山脉[3]更让我兴奋。关于鸟类我仍然大体上是个浑噩无知之辈，但是，我的转变并没有减退。人一旦改变，喜欢上观察鸟，热情是很难消失的。

然而，他的路途困难重重。鸟似乎在故意避开他；除非他有大量的余暇，或者有人指导他，否则可能要许多年他才能看到一只鸫鹟唱歌喉头颤动的样子。描写鸟类的书本身并非总能

〔1〕达特福德刺嘴莺（Dartford warbler），一种长尾非移居的刺嘴莺，上身部分为灰色，下部为有点带紫的褐色，见于西欧和北非。

〔2〕Fountains Abbey，亦译作万泉修道院。是目前世界上最大也是保存最完好的西多会修道院之一，历史可追溯到12世纪，位于英格兰北约克郡里普恩（Ripon）西南约3英里。

〔3〕洛基山脉（the Rocky Mountains），位于北美洲西部的山脉，北起阿拉斯加北部，纵贯加拿大和美国西部，南至墨西哥边境。

提供帮助。肯奈特勋爵[1]在他那本给人快乐的书籍《灌木丛中的鸟》中抱怨说，他从来没有读过一本关于鸟类的书里面对于鸟的歌声的描述能帮助读者识别它们。我对于鸟类书籍的记忆比他要愉快，即使如此，在留声机发明之前，不可能告诉一个对鸟无知无识的人一只鸟的歌声听起来是什么样子，这跟告诉他那鸟看上去是什么模样不同。新近喜欢上鸟类学的人很少会从书中得到什么能够使他仅仅靠耳朵区分开黑顶莺和园莺。

在《野生鸟类的歌声》中，书的作者E.M.尼克尔森[2]先生和路德维格·考奇[3]先生发明一种新方法来训练耳朵识别鸟的歌声。他们把书装在一个盒子里，还附有两张留声机唱片，重播出好几种鸟的歌声，包括夜莺和林岩鹨[4]或者（哎呀！正像他们给它的名字）岩鹨[5]。以前曾经有过鸟的歌声的留声机唱片，但是我认为没有哪一个像这些那么好，或者说是用于一本书的"图示"这同样的目的。我想这类书就是将来

[1]肯奈特（1879-1960），英国政治家、作家，主要著作有《国家财政制度》《海上的缪斯》等，《灌木丛中的鸟》（A Bird in the Bush）1936年出版。

[2]E.M.尼克尔森（1904-2003），英国人类生态学者、鸟类学家、世界野生生物基金创始人之一，《野生鸟类的歌声》的正文大部分由他提供。

[3]路德维格·考奇（1881-1974），记录动物声音的大师和自然界音乐专家，生于德国法兰克福，因反对纳粹被迫逃到英国，《野生鸟类的歌声》第一辑1936年在英国录制并发表，1937年发表了第二辑。

[4]林岩鹨（hedge-sparrow），一种欧洲常见的小鸣禽，多栖篱上，头深灰色，背浅红褐色。

[5]岩鹨（dunnock），林岩鹨的另一种叫法。

描述鸟类的书籍的样子。这只是个开端，但是我们能够信心十足地期待这样一本关于鸟的书的出版，它的正文像科沃德〔1〕的作品那样优美，有漂亮的彩色整版插图，还有灌成留声机唱片的英国所有鸟的歌声完美的复制。这一切都很需要，另外还要有一张地图标明，譬如说，夜莺和达特福德刺嘴莺在什么地方能找到。但是，我想这张图永远不要做，或者，假如有那么一幅的话，要私下印刷，只在经核准的起誓保密的鸟类学家中间分发。

然而，甚至挑选留声机唱片也会有些棘手，因为有些鸟在不同的地区歌声是不同的。例如，据说伍斯特郡的苍头燕雀鸣啭中带着一种不同的腔调，在道尼格尔〔2〕也是如此。"E.皮科牧师大人认为伯克郡的苍头燕雀比起约克郡克雷维恩地区的苍头燕雀在歌声的最初部分有更多的颤动小舌的〔r〕音，而在亨廷登郡〔3〕，在沼泽地区〔4〕，尾音总是不发的。"这就使得事情复杂化了。为了不伤害各个地方人们的感情，我们必须要有灌上苍头燕雀歌声的一些唱片，有的有约克郡土腔，有的有伦敦的漏发词首的〔h〕音，有的有莎默塞特郡的添加了

〔1〕科沃德（1899–1973），英国剧作家、演员和作曲家，擅长写风俗喜剧，作品有《漩涡》《欢乐的心灵》，音乐剧《又苦又甜》及流行歌曲、小说等。

〔2〕Donegal，爱尔兰岛东北部乌尔斯特的一个城镇。

〔3〕Huntingdonshire，英国英格兰原郡名。

〔4〕沼泽地区（the fen side），英国剑桥郡和林肯郡的沼泽地带。字典通用"the Fens"这个词。

［z］的音，如此等等。苏格兰的鹪鹩比苏塞克斯郡的用颤音发出的［r］音更多。爱尔兰秃鼻乌鸦雄鸟或许有一点方言口音。我承认这一理论，即鸟像我们人一样有着自己的方言，这给了我很大的乐趣。这表明喜爱鸟的人面前有无限广阔的可能去做出新的发现。同时，具有初步知识的发现者会感觉到《野生鸟类的歌声》是一本非常值得赞扬的书，可以由此开始他的探索。

天才

几天以前曾经有这么一则广告："史诗般的小说，十四万字，寻找出版商或资助人——'天才'……西北一区。"通过《新闻人物记事》，人们了解到有关他的信息，那位小说家宣称："我相信我是一位天才，实际上我刚巧把电报收件人的姓名和地址注册为'天才，伦敦'。"接着，他又说他的小说寄给了六十九位出版商，除了一位之外都退了稿，而没有退稿的那一位在他要出版这部小说时破产了。这一连串持续不断的厄运丝毫也没有降低那位小说家对自己作品的看法。他断言："它实在是一部了不起的作品，我肯定地说它比得上托马斯·哈代[1]的小说。"

我没有读过他的小说，因此说不准那位小说家是不是一位

[1]托马斯·哈代（1840-1928），英国小说家、诗人，代表作为小说《德伯家的苔丝》《无名的裘德》、历史剧作《列王》。

天才。但是，当我读他的广告时禁不住妒忌他对自己才智的巨大信心。即使一位作家被公众忽视——确切点说，被出版商们忽视，是他们阻碍了他的作品到达公众之手——他要是想在那些流芳百世的伟大作家行列占据一席之地，他只需要像雪莱和济慈那样等待时机；意识到这一点，对他来说一定是种慰藉。在青少年时期的白日梦中，做一个被忽视的天才比做一个成功的生产粗制滥造作品的作家似乎是理想得多。住在阁楼里的天才，人们是多么同情！假若奥利弗·哥尔德斯密斯[1]从一开始就像几天前去世、遗留下一大笔财产的那位美国"专栏作家"一样成功，他就永远不会成为后世人们的宠儿。很难喜爱上一个极为成功的人，除非你对他非常了解、能够看到他成功之外的东西。对成功的厌恶如此根深蒂固，以至许多作家仅仅由于广受读者欢迎而失掉了天才的美誉。青年时期我和学习美术的人交往甚密，并且发现成功在绘画界和在文学界同样受到怀疑。那时一位富有的皇家艺术院会员对于理想主义的青年来说是使人厌恶的人物；"不过只是一个老练的粗制滥造作品的画家"，就是极有可能对他做出的宽容的评价。

那时候一位天才会被物质馈乏的命运所吸引。我相信我几乎所有的朋友都在心中发誓排斥尚未有人给予他们的金钱上的

---

[1]奥利弗·哥尔德斯密斯（1730-1774），英国诗人、剧作家、小说家，家境窘迫，一生经历丰富而坎坷。主要著作有小说《威克菲尔德牧师传》、长诗《旅游人》和《荒村》、喜剧《屈身求爱》、散文《世界公民》（原名为《中国人信札》，是他效法法国作家孟德斯鸠的《波斯人信札》风格而写的优秀作品）。

报酬。天才是他们唯一崇拜的东西，为此他们会以他们所有获取财富的期望作为交换，直到他们坠入了爱河，这种情况才改变。说也奇怪，他们当中那唯一确信自己是天才的人尤其不是这样。相信具有天才这一特点同样表现在有天才的人和没有天才的人身上。贺拉斯[1]夸耀说他用诗歌建造了一座丰碑，这座丰碑比青铜还要长久不朽，事实证明他是对的。我想其他诗人也夸耀自己的作品，而这些作品都湮灭了。莎士比亚有充分理由相信他的十四行诗是不朽的诗篇。但是，又有多少诗人宣称自己多么了不起，而他们的诗作如今不过是粪土而已！我谈论过的那位朋友确信他要——用他自己特别喜欢的话说——"在世界上弄出点响声"，就像他确信太阳第二天会照样升起一样。他酷爱写作诗词，并且不停地写出读起来像是斯宾塞[2]扔进废纸篓里的诗章那样的长篇诗歌。他在诗韵的使用和模仿方面有非常娴熟的技巧。他的练习簿里写满了音韵和模仿的东西，认为这都是好的。一天他给了我一首长篇诗歌，要求我读这首诗并在下次见他时告诉他我的意见。他告诉我，奉承我说："我并不期望你给什么有独到见解的东西，但我期望你作为一个评论家给出你的看法。"我把那首诗带回家去，立

无知的乐趣
low reading

[1]贺拉斯（前65—前8），古罗马诗人，从倾向共和转而拥护帝制，作品有《讽刺诗集》《歌集》《书札》；《书札》中的《诗艺》对西方诗歌有过很大影响。

[2]斯宾塞（1552—1599），英国诗人，以长篇寓言诗《仙后》著称，另有诗作《牧人月历》《结婚曲》等，在语言和诗歌艺术上对后世英国诗人有深远影响。

即发现它不过是一篇满是《唐璜》[1]痕迹的作品。再次遇见他时我给他讲了我的看法，语言尽可能圆通得体；我说韵脚的使用很巧妙，整首诗是拜伦风格的。他觉得我的话难以置信，面部肌肉变得僵硬起来，说："你是说我仅仅是一个三流诗人吗？"他是一个小个子的人，走路时每一步都会把脚尖抬高到最大限度，似乎是要增加他的高度；他生气了，冷冰冰地大步走在我的身边，好像把身高至少拉长了一英尺。我尽量在表达真实想法时加上些甜言蜜语，但却没有什么用处。又过了一天，他遇到了我另外一位朋友，他告诉我那朋友："天哪！你知道Y[2]把我比作什么人了？拜伦！"他因为我贬低了他这一极为愚蠢的行为而狂

天才

[1]《唐璜》（Don Juan），英国诗人拜伦的长篇叙事诗。

[2]Y指林德，Y.Y.（Ys 或Wise）是林德为《新政治家》杂志撰稿使用的笔名。

笑不止。

　　我想当今在世界上文明的地方有相当数量的诗人同样确信他们有天才在闪耀。写作诗歌的乐趣十分巨大，诗人感到很难理解为什么他的作品读起来不像写起来那么令人愉快。他对于月亮和大海着实心醉神迷，所以在他看来一个人只要不是对月亮和大海漠不关心就必定会被他的诗歌陶醉。诗歌的质量越差，他越急切地希望得到夸赞。如果得不到赞扬，他就伤心地问道："它有什么不对呢？"通常唯一真实的答案是："它没有什么不对头的，除了你想要别人读它，欣赏它。"被要求评论一首普通的诗歌就像被要求评论一幅业余画家的普通风景画一样，一个人首先感觉到的，是这东西成千上万的其他人已经做得不知好多少倍了。这不是说这首诗不值得写，或者这幅风景画不值得画，而只是它们不值得展示给家庭圈子以外的人。我敢肯定，写一首普普通通的诗歌给予人的乐趣，和写一首莎士比亚那样的诗歌所给予人的几乎一样多，而画一幅普普通通的风景画给予人的乐趣，也和画一幅康斯特布尔[1]那样的风景画所给予人的几乎一样多。天才和非天才主要的区别只是天才能够把自己的快乐传达给别人。天才很难得一见，这或许是件幸运的事，因为人的寿命短暂，假若所有诗歌和绘画都是天才之作，那我们就没有时间欣赏它们了。实际上，十万首诗里

无知的乐趣
low reading

　　〔1〕康斯特布尔（1776-1837），英国风景画家，追求真实再现英国农村的自然景色，对后来法国风景画的革新有很大影响，主要作品有《白马》《干草车》《斯托尔小景》等。

不会超过一首，一万幅绘画里不会多于一幅——比质量尚好的作品更好。这是上天仁慈的施予。

我想实行义务教育以来诗人的数目大大增加，每个人都（或多或少）学习了如何写作，每个人也都（或多或少）学习了如何思考，结果就产生了一些令人深感遗憾的平庸作品和平庸思想。然而，不管是产生这些作品还是这些思想都不会是一件坏事，每一件都满足人的虚荣心——它如果不是屈辱和精神痛苦的源泉就是欢乐的宏大的源泉。我认识的最快乐的人中有一个是位普普通通的诗人。他是一位年长、迷人而高雅的牧师，我总是觉得他是冈特的约翰[1]转世再生。他习惯给我谈论诗，并且总是想办法把谈话引导到他自己的诗歌上。他说："我出版诗集的时候，人们把我比作亚历山大·史密斯[2]。你大概不记得了，桂冠诗人的位置空缺时许多人认为应该给亚历山大·史密斯，而不应该给丁尼生[3]。"他以极其简单明了的语言把这一切说了出来。我向你保证，和这样一位把自己看作和丁尼生相匹敌，因此加倍地享受生活的老人在一起，这乐趣绝对不会小。很少有什么东西比无害的自负更可爱的了。

---

[1] 冈特的约翰（1340-1399），英格兰亲王，兰开斯特公爵，曾主持过朝政，英法百年战争中任司令官（1367-1374）。

[2] 亚历山大·史密斯（1829-1867），苏格兰诗人、随笔作家，主要作品有《城市诗歌》《斯凯的夏天》等。

[3] 丁尼生（1809-1892），英国诗人，重视诗的形式完美，音韵和谐，辞藻华丽，1850年被封为桂冠诗人。主要诗作有《夏洛蒂小姐》《尤利西斯》、组诗《悼念》《国王叙事诗》等。

天才

它使得人的面孔闪闪发光，说出许许多多甜蜜的话。

我还认识一位牧师，他很矮小，长着络腮胡子。一天我在夸赞威廉·沃森[1]的著作，而他没有读过。他说："给我一本他的书看。我只有一种检验诗歌的办法。我读一首诗时问我自己'我能写得更好些吗'？如果我觉得我自己能写得比这更好些，我就对自己说'不，没有用的。无论别人说什么，那首诗不值得写'。"我递给他《颂诗》，他把《云雀颂》读了一遍。他放下书，摇了摇头，说："没用，我自己可以写得比这好。"尽管他自己的诗歌有凿凿罪证——致维多利亚女王等等——他还是相信自己说的话，他甘于相信这个。

这两位牧师的收入确实并非来自他们的诗歌。我想，要甘心做一名被忽视的天才差不多必须要有一份可靠的收入。我本人认为每一个宣称自己是天才的人都应该享受国家津贴，这津贴哪怕不能出版他的作品，却至少能养活他。我确信这会大大增加人类欢乐的程度。这也会增加人类懒惰的程度，以至写出来的书更加少得可怜。这二者难道不是值得期望的结果吗？

〔1〕威廉·沃森（1858-1935），英国诗人，其诗歌的内容和表达的情感使他在同时代人中颇具名气。主要作品有《王子的探求与其他诗歌》《抒情爱情诗选集》等。

不同之处

正是各种不同之处使得旅行的乐趣有所不同。（我说的旅行不是指步履艰难地走过一座丛林并且发着高烧被当地的导游抛弃，而是指乘坐豪华的游船、火车和汽车到别的国家而不是在本国的著名旅游胜地去游玩。）一个人首次到法国去旅行，一下子突然置身于说着另一种语言、使用着另一种货币、穿着不同的服装、建筑物也不一样的世界是多么大的乐趣！有一些好心人，他们希望全世界的人都说同一种语言，然而，对我们许多人来说，这会大大地减少旅行的乐趣。我反对去瑞士旅行的主要理由是它是一个说英语的国家[1]。当我用混杂的法语跟旅馆行李工说话时，我不喜欢他用地道的英语回答我。西班牙的巨大魅力之一——当它不处于革命的状态下——是即使在大城市里你也可能没法儿让旅馆行李工和店主懂得你的意思。

[1]德、法、意、列托罗马语均为瑞士的正式语言。

我见过四个伦敦人在马德里的一家商店里，花费了一刻钟向一名药店营业员表示他们中的一个人想买一条剃须皂[1]。最后他们四个人和药店营业员像原始人一样打着手势交流；这一类事情使人感觉到他们确实到了国外。

直到今年我还不曾到美国或者海外英联邦自治领地去旅行过。这有许多原因，其中之一便是那里的居民说着和我几乎一样的语言。我告诉自己，上岸时我会因为听不到那异国他乡的、几乎不清晰的言语发出的使人焕发活力的音乐声而感到遗憾；这些言语更加甜蜜地传入耳中，因为它们不像我们惯常听到的语言而更像鸟的歌声。假如我记住了魁北克[2]是加拿大东部的入口处，那里的居民说法语，我那不情愿渡过大西洋的情绪就会大大降低。但是，离开了学校那么长的时间，直到开始航行的前夕查阅了地图我才知道魁北克在什么地方。（不要让我的无知得罪加拿大人，我碰到过一些人，他们甚至连贝尔法斯特是在爱尔兰的北部还是南部也不知道。）幸运的是，魁北克有许多令人感到陌生的东西，以致来这里的人有一种身在异乡他国旅行的感觉。路标上的文字用两种语言书写。海滨附近有一条街道，可能是依照雷内·克莱尔影片[3]中的景象建

〔1〕药店，常兼营化妆品等。

〔2〕这里指加拿大魁北克城（Quebec City），加拿大东南部港市，魁北克省省会。

〔3〕雷内·克莱尔（1898-1981），法国电影导演，是第一个入选法兰西学院院士的电影艺术家，主要作品有《魔鬼之美》《沉默是金》《铁塔》《幕间休息》《沉睡的巴黎》等。

的，洗好的衣服挂在木制的阳台上，一大群活泼欢快的孩子爬上你的马车[1]，几乎把小手伸进你的口袋里，用法语叫嚷着："便士[2]！便士！"（"便士"这里指"分"。）你乘坐的马车像"吉格"[3]那么高，有两只轮子，白色的轮辐闪闪发光，有橙黄色条纹的折式车篷，是一种看上去令人愉快的外国马车。四只轮子的"巴奇"[4]也是如此。这两种轻便马车毫无疑问地保存下来了，留传至今供天真的游客使用。它们沿着街道使劲向上行驶，显得很不适应，这些街道如同莱姆瑞吉斯[5]那边的小山一样陡峭。马车夫操着法国人说的英语，指出蒙卡尔姆[6]居住过的木屋、新教妇女之家[7]等等名胜古迹给游客看。假如法国人不是地球上最明智的民族之一，他们毫无疑问会开展一场收复主义者运动来收复魁北克。

然而，即使除了魁北克说法语之外，加拿大对于来自英国

[1]马车，原文用法语caléche，加拿大的两轮单驾双座轻快马车，现主要在魁北克、蒙特利尔等城市供游客用。

[2]penny，美国、加拿大、澳大利亚和新西兰的辅币名，一分面额的铜币。

[3]吉格（gig），轻便两轮马车。

[4]巴奇（buggy），四轮单马轻便马车。

[5]莱姆瑞吉斯（Lyme Regis），英格兰西多塞特郡的海边小镇，有"多塞特的珍珠"之称。

[6]蒙卡尔姆（1712-1759），法国将军，1756年任驻北美洲法军司令，在魁北克附近与英军交战，负重伤而死。

[7]建于1859年，是为收容和救济居住在魁北克信奉新教的贫困妇女而设立的机构。

在国外旅游的感觉

的旅游者来说也是一个足够陌生的国度。没有什么地方和英国相似以致会让旅行者觉得最好还是待在家里。我看到过一句引用美国人的话，他热情满怀地宣称温哥华岛上的维多利亚市[1]"像贝辛斯托克[2]那样有英国味"。关于这一点我能说的是我现在还需要在贝辛斯托克找到一家旅馆,那里旅行者能在花园飞燕草中看到一只红玉喉北蜂鸟;一个人也不会经常遇到长着胡须的锡克教信徒[3]沿着贝辛斯托克的人行道行走。贝辛斯托克也不处于站在山上能看得见的太平洋的海浪之中。你在维多利亚时,给你把行李搬进住室的那位日本人提醒你说,你不是在贝辛斯托克。人们经常说不列颠哥伦比亚省是加拿大诸省中最具英国味的,但是你在英国找不到叫作"梅提梯瑞尔斯"[4]和"格鲁斯梯瑞尔斯"[5]的商店。在英国也不常用"斯塔特俄"[6]代替"奥荷得扶阿俄"[7]。再者,不列颠哥伦比亚省是个多山的地区,紧靠着水边,长着高大的树木,林中栖居着小鸟,在英国从来听不到这些鸟唱歌。

〔1〕加拿大不列颠哥伦比亚省省会,位于温哥华岛东南端。

〔2〕贝辛斯托克(Basingstoke),英格兰中南部的一自治市镇,位于伦敦偏西的北部高地,是汉普夏郡最大的城镇。

〔3〕锡克教是流行于南亚次大陆旁遮普等地区的宗教。"锡克"是印地语Sikh的音译,意为"信徒",16世纪时由克鲁·那纳克结合印度教和伊斯兰教的因素而创立。

〔4〕梅提梯瑞尔斯(meateterials),加拿大当地人用词,意思是"肉店""肉铺",英语说 butcher shop。

〔5〕格鲁斯梯瑞尔斯(groceterials),加拿大当地人用词,意思是"食品杂货店"。英语说 grocery。

〔6〕斯塔特俄(starter),在英国的意思是"第一道菜"。

〔7〕奥荷得扶阿俄(hors-d'oeuvre),在法语中是"餐前或餐间的开胃小吃;(鸡尾酒会上的)冷盘"的意思。

对我来说，主要是通过鸟儿把加拿大和英国区分开来。一个人一看见加拿大欧鸲就立即意识到这种区别。我第一次看到这种同鸫大小的鸟——头是黑色的，胸脯是红色的——是在魁北克乘车往亚伯拉罕高地攀爬之时。我问车夫那是什么鸟，他答道："我们叫它'古戈鲁'〔1〕。"我禁不住怀疑他是否听懂了我的话，因为我还没有遇到过别的什么人把加拿大欧鸲叫作"古戈鲁"的。那鸟开始让人觉得长得很好看，但是，我承认，它最后叫人烦恼。有多少次我蹑手蹑脚地走近树枝上的一只鸟，或者激动地观看一只鸟在树林中飞，希望至少是找到了一只鹪哥，一只灰噪鸦，或者一只长刺歌雀，而当那只鸟原来是一只加拿大欧鸲时我总是会十分气恼！从来没有一只鸟让我这么恨，就好像是你在英国寻找红交嘴雀和达特福德刺嘴莺，而看到的总是麻雀。幸运的是加拿大麻雀很多，不仅有欧洲的普通麻雀，还有十几个种类的麻雀——蚱蜢麻雀、白喉带鹀、褐斑翅雀鹀、像金丝雀那样唱歌的北美歌雀，还有其他的。一个人看到或者听到的鸟几乎没有一只不提醒他身处一个生疏的半球。蓝色鸣鸟、鸣啭绿鹃、爱神木刺嘴莺、绿背麻雀、呆头伯劳〔2〕和北美雀科小鸟〔3〕都和"梅提梯瑞尔斯"一样在英国是见不到的。我还没有见过一只红衣凤头鸟或者猩红比蓝雀，

〔1〕古戈鲁（googloo），那赶车人对加拿大欧鸲的叫法。

〔2〕呆头伯劳（logger-head shrike），北美洲分布广泛的一种伯劳（又称屠夫鸟），羽毛主要为灰色，翅膀和尾巴为黑色。

〔3〕北美雀科小鸟（junco），北美洲的一种鸣鸟，鹀的亲属，羽毛主要为灰色和褐色。

但是，知悉在加拿大的某处能找到它们，便给了这个地方一种人间乐园的生疏之感。甚至卡尔加里[1]戴着白色珠串和羽毛华丽饰物的北美印第安人和戴着高顶宽边呢帽的牛仔，都不像看不到的红衣凤头鸟和猩红比蓝雀给人生疏的印象。

同样奇特——尽管不那么浪漫——的是你会在旅馆的每间住室里看到"基甸国际"所赠的《圣经》[2]。我想我以前曾经听说过这件事，但当我打开书本读到给旅客准备读《圣经》所做的指南时还是有几分惊喜：

1. 如果你陷入了困境，读《诗篇》[3]14章。

2. 如果生意不好，读《诗篇》37章。

3. 如果非常成功顺利，读《哥林多前书》[4]10章12节。

4. 如果为堕落所征服，读《雅各书》[5]1章；《何西阿书》[6]14章，4章9节。

5. 如果厌倦了罪恶，读《诗篇》51章；《路加福

〔1〕卡尔加里（Calgary），加拿大西南部城市。

〔2〕基甸国际（Gideons International）前称"基甸社"，1899年成立于美国，专事在旅馆、医院等处放置《圣经》。

〔3〕《诗篇》（Psalms），《圣经·旧约》中的一卷。

〔4〕《哥林多书》（Corinthians），《圣经·新约》中的一卷。

〔5〕《雅各书》（James），《圣经·新约》中的一卷。

〔6〕《何西阿书》（Hosea），《圣经·旧约》中的一卷，传为公元前8世纪希伯来先知何西阿所作。

不同之处

音》[1]18章，9章14节。

等等。

我查看了一个人生意状况不佳时要他读的诗篇，发现其中含有慰藉人的预言："但谦卑人必承受地土，以丰盛的平安为乐。"[2]我想这也可能是鼓励一个身处经济困境的人，暗示他那些比他更成功的人多半是"作恶的人"，他们要被赶走，要灭亡，像羔羊脂那样，"他们要消灭，要如烟消灭"。[3]恐怕如果我因厄运而沮丧的话，这些善良的意见将起不到安慰我的作用。

奇怪的是尽管"基甸国际"所赠的《圣经》许许多多，报刊上的大字标题宣称加拿大的道德状况一直在恶化。至少一份报纸上的短文标题是这样的：

> 爱德华·爱兰德斯王子获悉犯罪率上升，学会调查发现加拿大变得更加邪恶。

这种说法几乎不适用于阿尔伯塔省[4]，这个省选举威

---

[1]《路加福音》（Luke），《圣经·新约》中的一卷。

[2]《圣经·旧约》《诗篇》37章11节。（见《圣经》和合本）。

[3]《圣经·旧约》《诗篇》37章20节。（见《圣经》和合本）。

[4]阿尔伯塔省（Alberta），加拿大西部的一个草原省份，南部与美国接壤，西部为洛基山脉。

廉·艾伯哈特先生作总理，他在预言《圣经》教会的讲坛上宣讲社会信用福音。在阿尔伯塔省，各种教会似乎都很兴旺。他们不仅有加拿大的圣公会、长老会和联合教会，还有英国——以色列世界联邦、拿撒勒教会[1]、玫瑰十字会团契中心、五旬节派教会[2]、方正福音教会、基督教科学派[3]和国家唯灵论者。在卡尔加里的庆祝会[4]上许多茶点帐篷都宣传说它们是由某某教堂组织举办的。

除此之外，谁又能够把犯罪率的上升强加在世界上的这么一个地方？这里星期日弄不到一杯啤酒，甚至在一个人停留的旅馆里也不可能弄到。

我可以说这一点是加拿大和英国的区别之一，我不大喜欢这种区别。然而，这总比没有区别好。它使一个人意识到他是在外国，这就是旅行首先感到的乐趣。

〔1〕成立于20世纪初的耶稣教会，福音派新教教会。

〔2〕基督教新教宗派之一，19世纪发源于美国，强调直接灵感，信奉信仰治疗。

〔3〕19世纪后半期出现的基督教派别，认为病和罪一样都出自人的必死意识，故都须靠上帝的永恒意识才能治愈。

〔4〕Stampede，美国西部和加拿大一年一度的庆祝会，内容有牛仔竞技表演、各种比赛、展览、跳舞等。

不同之处

恐 高

"你喜欢大山吗？"我的朋友听说我要去洛基山脉度假就这样问道。我回答说："不。"他说："我也不喜欢。然而，尽管我十分厌恶所有大山，我想我还从来没有见过什么山像洛基山这么叫人讨厌的。"我说："好的。"因为我准备去任何一个新地方旅行，喜欢听有关那个地方的叫人泄气的报道。后来这表现为一种大彻大悟。设想你要到一个天堂般的地方去，如果没有达到你的期望，你就很可能会把它看作一处炼狱。另一方面，你要到一处炼狱去，你或许会在那里发现许多美丽的东西，使你兴高采烈，认为那是一个有些像天堂一样的乐土。

我主要担心的不是我会感到洛基山难看得让人厌恶，而是我会看到它们太高了。我设想乘坐火车在山中驶过时，在多处我因为害怕头晕不敢往车窗外看。我想象着火车一英里又一英里，沿着成千上万英尺高的陡峭的悬崖边上狭窄的岩石突出部分行驶。我的朋友说："坐火车还不是最糟糕的。无论如何不要让他们用汽车带你去登山。一天我乘坐一辆公共汽车出去，司机在一处地方停下来让我们看风景，汽车的一只轮子就悬在峭壁边沿上。我一生还不曾有过这么可怕的经历。"我说："喊'救命！'啊。最起码的，在这种地方要是你有什么意外发生，立即死掉倒好，而不仅仅摔得缺胳膊少腿的。"我的朋友说："这种事人们都是这么讲的。"

这次谈话之后，想到假日旅游我心中就相当忐忑不安。夜里躺在床上，我总是想象着自己绕着山顶附近的悬崖急驰，不知道我能不能幸存下来。甚至当我走过沃特卢大桥[1]时我也会感到不适。对于这些恐惧另一个我[2]非常严肃地回答道："人已经忍受过的东西，你也是能够忍受的。"我大大振作起来，说："那只是老生常谈。即使如此，将来也不会有什么使我坐上一辆公共汽车在洛基山旅游。"

就这样，我渡过了大洋和在浓雾中驶过了一大片冰山。

"我真希望待在家里没有出来。"我对自己说，这时雾角的吼鸣声像是每隔一分钟就让轮船摇晃一下。"但是，人已经忍受过的东西，你也是能够忍受的"。我们在尼克博克酒吧掷骰子赌分钱，一直玩到就寝时间。我们从蒙特利尔出发，在火车上吃、睡，一天又一天，一夜又一夜，快速在不列颠帝国里最反对饮酒的国度行驶，这样一直到达卡尔加里。就在清早在卡尔加里附近的某个地方，我们第一次看见了很远处的洛基

恐高

[1] 沃特卢大桥（Waterloo Bridge），沃特卢为加拿大东南部城市。

[2] 另一个我（Alter ego），也叫"第二个我"，是一个人的第二个或者另一个自我。

147

山。那座大山远远看上去是多么迷人！它们是一列低矮的不整齐的小山，在清晨的光线映照下呈珠灰色，是一种虚幻般的景象。山顶没有积雪。事实上没有什么可担心的。我对自己说："这些山使人着迷。它们看上去并不比南丘[1]高许多。"

我们渐渐地向上行驶，往班夫[2]去。前面并没有悬崖让我们忧心。开始有更加巍峨的高山耸立在我们上面；尽管我们在四千到五千英尺高的高处，在这些高山的山脚下，差不多就像是在低地上一样。随着景色的变化这些高山的形状是多么壮丽！阳光照着连绵不断灰白色的山峰，荒芜光秃的岩石——一个人想象不到它们会如此美丽——和云杉覆盖的高地交替展现，河流时而乳白，时而浅绿，冲下山谷。接着迎面而来的是一万或一万一千英尺高的巍峨的高山，看起来像是泰坦们[3]为了免受比他们自己更早的神灵们的攻击，而在世界屋脊建造的要塞和城堡。我问火车上的一个人："那看上去像是一座巨大的教堂的高山叫什么？"那人说："它正巧叫教堂山[4]。"对于看到它的第一位白人来说，二者的相似之处一定是明显的。

无知的乐趣
Flow reading

〔1〕南丘（South Downs），英格兰南部的丘陵地带。

〔2〕班夫（Banff），加拿大阿尔伯塔省西南部城镇，在班夫国家公园界内。

〔3〕泰坦们（Titans），希腊神话中曾经统治世界的巨人族成员，是天神乌拉诺斯和大地女神盖亚的孩子们。他们在克罗诺斯的带领下推翻了乌拉诺斯，后克罗诺斯之子宙斯（希腊主神）将其废黜并最终打败了泰坦们。

〔4〕教堂山（Cathedral Mountain），因形状像一座大教堂而得名。

就这样火车奔驰向前。一位约克郡人喘着气说："真美啊！"一位萨默塞特郡[1]人小声说："妙极了。"接着一位威尔士男子问："谁有酒？"于是我们都记起了加拿大是一个禁酒到离奇古怪程度的国家，便觉得自己比加拿大还要缺酒。我们沿着火车到卧铺厢去，那里有不让使用的宝物。但是，我们没有在那里待多久。晴朗夏日的洛基山甚至比山民私酿的威士忌酒还要醉人，不一会儿我们出来又到瞭望车[2]里，目不转睛地看着一直不停地给人带来新奇的有雪冠的山峰，树林覆盖的山坡、峡谷、奔腾的河流，瀑布从火车轮子下的山顶倾泻而下——我们如今正在一处岩石突出部，但这似乎是一个绝妙的位置，可以观看一个如此美丽的世界——沿着踢马河向前流去。这条河在河道中流淌着，却似乎一直在跟自己搏斗着，并竭尽全力避开它在岩石中间的轨道，开辟另外一条。夜晚降临在这样一个世界似乎是一种罪过，然而夜晚还是降临了；有人说："喝一杯怎么样？"我们于是往卧铺厢去，小声说"美极了""妙极了""真是难以形容"这一些意思不清不楚的话。尽管这样我们还没有满足，又回到瞭望车去经受风的吹拂和体会木炭灰的味道，坐在外面置身月亮和星星之下。

后来是乘汽车旅行。我曾经发誓要远离汽车，但是人没法选择自己的命运。假如他照自己的意愿做了，他会失去许多令

〔1〕萨默塞特郡（Somerset, Somersetshire），英国英格兰郡名。

〔2〕瞭望车（observation car），铁路上有透明车顶、大窗户等供旅客观赏风景的车。

人着迷的东西。事实上，从菲尔德〔1〕到优鹤山谷，从美丽的绿宝石湖（湖水确实是绿玉色的）到路易斯湖〔2〕（在山下显得着实迷人）的乘车途中，令人着迷的东西太多，我能够清楚记得的就像一场美梦那么少。我们的确在岩架上停下来观看景色，但是每次停下，四只轮子都在岩架上。在之字形山斯威奇百科山上——那是由一位天文学家创造出的波斯卡斯尔〔3〕——那位萨默塞特人说："啊！要是驾驶装置出了毛病呢？"但是，驾驶装置并没有出毛病。我们到达海拔五千英尺的路易斯湖时，旅游团里有两个人开始有高原反应，退出来回他们的住室去了。但是，第二天早晨他们就已经习惯了山上的稀薄空气，又愿意乘坐公共汽车往班夫去。

此后我们乘车驶过洛基山脉的许多地方；我所经历的最令人惊恐的时刻不是发生在偶尔行驶到的山路盘绕的陡峭的山坡上，而是由一些旅游者的驾驶引起的。大多数地段的山路蜿蜒进入一个山谷，又蜿蜒伸展出来进入另一个山谷，在斜坡的边沿上只有一英尺高的原木栏杆用作防护装置。因为仅仅只有足够供两辆车通过的宽度，有时碰到一辆车在违反走向规定的道

〔1〕菲尔德（Field），加拿大不列颠哥伦比亚省小镇，位于优鹤国家公园（Yoho National Park）内。

〔2〕路易斯湖（Lake Louise），加拿大阿尔伯塔省班夫国家公园内的一座冰碛湖。

〔3〕波斯卡斯尔（Boscastle），英国英格兰康沃尔郡北部海岸边上的一个村庄和渔港。这里说之字形山斯威奇百科山（Switch-back Hill）好像是高峰上的波斯卡斯尔。

侧开车，突然转过一个看不见另一头的拐角也不按喇叭发出警告，着实吓人一大跳，所幸那辆车及时地在规定的一侧停下才避免了一场灾祸。一个驾车旅游的人在一座峭壁之上的急转弯处差一点儿撞上我们，为了救自己一命，他在光滑的路面上向一侧滑行了一段距离，这本来会让他送了命的。似乎没有人想到按汽车喇叭，或许如果每个人都按喇叭的话，洛基山就会一直回荡着喇叭声，因为我们在这些山路上碰到的汽车就像你周日在维尔特郡[1]的乡间碰到的那样多。你几乎看不见一个行人；你很难见到一所房子；你可能会行驶一天也见不到一座城镇。但是，你绝不会等太久就会碰见一辆汽车。

对一些人来说，旅游者数量的增加，造就了令人满意的道路，旅馆和供旅行者临时居住的小屋的建造可能会有损于洛基山脉的雄伟壮丽；但对我自己来说，我倒喜欢在大山中看到一些显示现代文明的设施。这里未经开发的大自然规模极其广阔，人力是不可能毁灭掉的。旅游指南上引用爱德华·温珀[2]的话，说加拿大的洛基山脉有五十个瑞士加在一起那么大。人和他的行为在如此巨大和了不起的茫茫荒野中一定是不起眼的。人不可能摧毁高山嶙峋的山顶，长在山顶的一排排云

---

[1] 维尔特郡（Wiltshire），英国英格兰南部的一个郡。

[2] 爱德华·温珀（1840-1911），英国登山运动员、探险家、插图画家和作家，以1865年首次登上马特洪峰而闻名。他还首次登上勃朗峰山丘、南美洲的钦博腊索山和加拿大的洛基山等。他在格陵兰的勘查推动了对北极的勘探；还写作出版了数部有关登山运动的书。

杉在澄澈的夜空衬托下清楚地显现出来。这里有如同艾[1]在幻觉中看见的高山。坐在这些高山下面观看夜鹰在湍急的河流上方俯冲——河水在暮光中一片银色——使人心满意足，心醉神迷——觉得在这个美丽万分的地球上从没有创造出比这更美妙的东西了。

你还认为在洛基山旅游令人厌恶吗？嗨，昨天我透过住室的窗户看见了一只鹰。

〔1〕艾（A. E. AE），乔治·威廉·拉塞尔（1867-1935）的笔名。爱尔兰诗人，爱尔兰文艺复兴代表人物，曾主编《爱尔兰政治家》周刊，作品有诗集《回家：途中之歌》《幻想之烛》等。

寻找熊

我来洛基山脉已经一个多星期了，但是，除了关在笼子里的之外，我还没有见到一头熊呢。

起初，我不是那么想看熊。向一位蒙特利尔[1]最熟悉当地风土人情的人问起熊的情况，他对我说："加拿大人说熊并不危险，但是，它们总是很危险的。林德先生，你可绝对不要相信熊。"我毫不迟疑地向他保证我绝不会相信的。

然而，一个人到了一个国家，还是喜欢看别人已经看到过的东西。我在加拿大的西部漫游，一个又一个人向我夸耀说见到了狼、猞猁、熊、驼鹿、石山羊和一半你在动物园里隔着栅栏才能看到的野生动物；听了这些话，我有点嫉妒起来。我乘车行驶在大山里的云杉林中，留意着树林中的熊，甚至开始有点希望有一头熊或者几头会出现。车拐了个U字形急转弯

〔1〕蒙特利尔（Montreal），加拿大东南部港市。

向山上行驶，我问汽车司机他有没有在这条路上见到过熊。他说："哦，有许多。"他又说："这就是你通常看见它们的地方。"我们下了车，凝视着下面树林中陡峭的郁郁葱葱的山坡，却连一只花鼠的行踪也没有看到。

我们仔细瞧了很长时间也没有看到熊。他解释说："这个时候往往看不到它们。黄昏时我们专门开车带游客出来，那时有熊出没。游客们带着糖果，晚上在有些路上你会看到熊拦住车，这样驾车旅行的人就可以给它们糖果吃。"

我承认，这不是我心目中熊的样子。我愿意让熊是真正野生的，未经驯化的，它厌恶并且回避人，一看见我就会跑开逃命。我对于乞讨糖果吃的熊并不比对于动物园里的熊有更大的兴趣。我甚至想说："出来一头灰熊让我看看。嘻！至少不要去讨要糖果。"但是，我并没有说出来，因为害怕一头灰熊真的出来了。

事实上，我喜欢动物既很野又对观看它们的人没有伤害。当花鼠爬上路易斯湖边花草的茎去觅食时，样子是多么可爱啊！那是一种暗色的松鼠样子的小东西，身上有白色的条纹和讨人喜欢的跟鼠一样的面孔。那些小小的淡褐色的地松鼠和黄鼠多么吸引人！它们像鼬鼠一样穿过班夫和卡尔加里之间的道路跑着。

一天将近傍晚，我们乘车从温德米尔[1]去往班夫——加拿大的地名听起来多么古怪！——我看见了几只北美麋、一只

〔1〕温德米尔（Windermere），加拿大不列颠哥伦比亚省的城镇。

驼鹿、一只马鹿和一些河狸在它们房子周围的水库里游水。看到这些动物，我再一次觉得自己是幸运的。

北美麋，不管是雌麋还是小雄麋，都在黄昏中喝个痛快。我们靠近它们，放慢了速度，麋还没有看到我们，我们便在池塘边上停下来。它转过头，很快地朝我们看了一眼，露出鄙视我们的样子，又继续喝起水来。坐在我身旁的一位加拿大艺术家说："这丑陋的畜生！"当然，无论在什么地方，一个人假如长着这么一张丑陋的嘴都绝不会被称作美丽。那深暗颜色身躯的畜生一次又一次地扭头看着我们，决定不理睬我们，喝到解渴为止。然后它慢慢地走开，就像我和你从一只凶猛的雄麋身边慢慢走开一样，重新回到了那一直比它更紧张不安地隐藏在树林中的同伴身旁。

一只动物，哪怕是一只比较丑陋的动物，第一次出现，似乎是比山还要大的奇观，而山本身就是世界一大奇观，这多么让人感到惊奇。我能盯着这些石灰岩山岳看上几个小时；这些山岳在不停变化的光线中很美丽，有时候差不多像多佛尔白崖[1]那样白，傍晚时在夕阳下发出亮光，阴影斑驳，山光秃秃的，威严而雄伟。但是，我发觉自己一直在细细察看陡岩斜坡和沿河生长的云杉树林，希望看见一些相对无足轻重的生物：一头熊、一头驼鹿，或者一只鹰。

真遗憾，急速行进的旅行者在洛基山脉最常见到的活生物

---

〔1〕多佛尔（Dover）为英国英格兰东南部港市，临多佛尔海峡，海边山崖呈白色。

是驾车旅行的人。有时候你在峭壁之上道路的急转弯处，碰到一位在违反走向规定的道侧开车的旅行者，他给你的惊吓和不快甚至超过碰到一头灰熊。如果说"绝对不要相信熊"是给在洛基山脉旅行的人的明智告诫的话，"绝对不要相信驾车旅行的人"的告诫就更明智。

然而，由于动物生活相对不那么引人注目，看到一只赤鹿在河岸边饮水就更加令人高兴。还有驼鹿，在夕阳下呈金色，它俯身把带角的脑袋伸进流水的情景难得一见。从一座高地朝下看，一处小小的湖泊里一只雄麋正在蹚水和喝水止渴。看到这里人会感到很兴奋，像是有什么重大发现。

迁徙季节的圣地兄弟会会员

但是，接近黄昏时分你最有可能看到的动物是河狸。它稍显扁平的帐篷形状的小屋由枝条和泥土建造，就坐落在路边，驾车旅行的人们停下来看它。你听见有人大喊："这有一只。你看那东西像是一根木头。"你往那里瞧，看见一个长长的动物差不多总是浸在水中，游着，好像它要把脑袋露出水面有些困难。

它突然潜入水下，不见了。另外一只大一点的河狸沿着堤坝的一条沟渠游水。它像一只湿淋淋的黑猪跃上岸，开始在青翠的草木中找寻，一点一点地啃咬树桩的茎皮。一位热心的女士说："它难道不可爱吗？"对于任何一个以前从没有看见过自然环境中的河狸的人来说，看到它至少是非常令人满足的。

还有鹗，或者鱼鹰，它在朱砂湖[1]畔的树顶筑了个硕大的巢。鹗的幼鸟拍动着尚未发育成的翅膀昂起喙等待着食物，而鹗就独坐在光秃秃的树枝梢。你会以为树枝经不住它的重量而折断。它一直一动不动，好像是专注地做着一场捕鱼的梦。一辆辆公共汽车停了下来，这样圣地兄弟会[2]会员们就可以盯住它看。

这一星期洛基山脉满是圣地兄弟会会员们。我应该解释给

〔1〕朱砂湖（也叫微米里翁湖 Lake Vermilion），在加拿大阿尔伯塔省，是位于班夫国家公园内的一片湿地群，景色十分秀丽。

〔2〕圣地兄弟会（The Shriner），1872年创立于美国，是建立在娱乐、友爱和共济会兄弟情谊、救济等原则之上的兄弟会。

不知道的人听，圣地会会员也是共济会成员[1]，他戴着鲜红色的非斯帽[2]，上面有长黑缨。他的非斯帽上印有像"拉美西斯[3]君主"或者"麦地那帮"这样的文字。他甚至在旅馆用餐时也戴着非斯帽。他和他的妻子们占满了公共汽车，他们的到来给洛基山灰色和绿色的基调增添了料想不到的鲜艳色彩。他们通常有些发胖，中年，总是快快乐乐，总是说着笑着，总是要对像鹗或者河狸这样的动物看上五秒钟。

我没可能看到熊了，但是在这迁徙的季节里看到一名圣地兄弟会会员也是对这种损失的某种补偿。他，仅仅次于蜂鸟，是我在加拿大看见的最鲜艳亮丽的东西了。

〔1〕所有圣地兄弟会会员都是共济会（Free and Accepted Masons）成员，但并非所有的共济会成员都是圣地兄弟会会员。圣地兄弟会是共济会内部的一个组织。

〔2〕非斯帽（fez），亦称土耳其帽或土耳其毡帽，是地中海东岸各国男人所戴的圆筒形无边毡帽，通常为红色并饰有长黑缨。

〔3〕拉美西斯（雷姆塞斯Rameses，Ramses），古埃及新王国时代统治埃及（约前1315–前1090）的第11位国王名。

我，一个具有危害性的人

杰罗姆·克·杰罗姆[1]在小说《三人同舟——不用说还有一条狗》中告诫我们提防阅读有关疾病和它们的症状所带来的危险。一则精心制作的万应灵药广告中的词语可能会很容易让一位富有想象力的读者在自己身上搜寻从未想到过的疾病的症状，并且可能会让他相信自己身上就有这些症状。生活在医科学生中间和读他们的课本是件痛苦的事，甚至身体非常健康，想象中的阑尾炎、髋关节疾病和医生所知道的其他一半病痛的折磨也会向你袭来。有些人不受万应灵药广告暗示的影响，但这些人一定是少数，否则医药业就不会兴旺发达了。我本人一如既往不会因为广告的魅力而动心。我想随着一个人年龄的增长，他渐渐地摆脱了广告曾经激起的恐惧和给予的希

[1] 杰罗姆·克·杰罗姆（1859-1927），英国小说家、剧作家，以其创作的幽默小说《三人同舟——不用说还有一条狗》而闻名。

我，一个具有危害性的人

望。或者这么说可能会更接近真理，那就是恐惧延续，希望就
变得渺茫。然而，我想一个神经紧张的人年轻时比晚年想象力
更加强烈，能把更多疾病的噩梦滥加给自己。据说，一个胆小
鬼要死一千次；年轻时他也要病上一千次。到了中年这些就减
少到八百五十次了。

　　我自己一直总是神经紧张。我是个这样的人：童年路过药
铺必须让保姆拉着我匆匆走开，还要警告我绝对不要读万应灵
药瓶的包装；青年时应该不让我与医科学生交往，或者至少不
准许问他们有关咽喉、胸部和关节处不明显疼痛的问题。可以
说，不幸的是，我十几岁时就知道大部分疾病的名字，并且断
定我患了至少一半这样的疾病。我认识的医科学生把我看作上
天赐给他们的宝贝：他们拿我练习使用听诊器，他们轻轻叩打

我的胸膛，他们轻轻拍我的膝关节，他们扭着我的腿往上弯曲往下弯曲以期发现我患了阑尾炎。最后他们通常谨慎行事，确定我缺铁，还开了处方。我吞咽下他们给我的药瓶里的药。这些药总是对我有所裨益，直到新的症状再显现出来。

终于我不再有那么多不切实际的想象，尽管我还是十分顺从地吞下各种各样的药丸。我认为我已经达到了能够读描述疾病症状的文字而不至于确信我患了这种病的地步。我至少一直这么认为，可是几天以前我无意间弄到了一本一位有名望的医生写的书，把我的满足给打乱了。他并没有让我对自己的身体健康担心，而是让我相当担心我的心理健康。如果你身心健康，有健全的精神寓于健康的身体，如果你甚至出席宴会打错了领带也绝对不感到紧张不安，你或许就可以读这本书而不会战栗。然而我是一个紧张不安的人：在公共汽车上，坐在我对面戴着一顶布帽子的年轻人拿出一把老式剃须刀，拉出刀片向朋友显示它多么漂亮，这让我看见就会感到一阵奇怪的恐惧袭过全身。我想起这样的话："我坚信……轻度的神经紧张事实上比癌症要悲惨得多，沮丧比奔马痨[1]要可悲得多，慢性精神疲劳比真正的精神病要可怜得多。"那位有名望的医生继续说："神经紧张、沮丧和无精打采是最悲惨的疾病。……它们比严重的机能紊乱毁掉更多的生命，破坏更多的家庭，造成更多的贫困。它们引起比已经认识到的疾病和死亡更糟糕的问

[1] 奔马痨（galloping consumption），一种原有的快速发展的痨病，尤指肺痨引起的身体耗损。

题。"如果我告诉你这三种疾病——神经紧张、沮丧和无精打采就是折磨了我一辈子的疾病，你就会懂得我读到这些话时感到的惊恐。

但是，我不希望把自己说得太坏。我可能是神经紧张，但是我并不害怕蜘蛛、甲虫和老鼠。我责备自己懦怯，但一想到在许多时候女人和孩子们都把我当作家中的英雄，祈求我把蜘蛛从浴室赶出去，我就总是感到安慰。同样我曾经不止一次孤身一人在一所房屋里，只有我有这个勇气——这是描述这种状况的唯一合适的字句——半夜下到地下室寻找食物，部分原因是地下室有甲虫，部分原因是煤气表发出让人深感不祥的滴答响声。我必须替自己表明哪怕满地板都是甲虫，我也能够以尤利乌斯·恺撒那样的决心和冷静到地下室去。然而在多数其他的人和事面前我紧张不安——乱民、狗、跟侍者当众大闹，看上去疯疯癫癫的人在发车前最后时刻跳进我一人独处的客车车厢、布伦[1]的有壳的水生动物、法西斯党党员、共产主义者、海上的大火、陆地上的大火、从动物园逃跑出来的狮子，生活，将来，现在——事实上是除了蜘蛛、甲虫、老鼠和地下室里仪表的滴答声之外几乎所有的人和东西。

既然生性如此，当我从那位医生书里了解到我是个危害社会、破坏家庭、比引起致命疾病的病菌还要坏的人时，我自然绝对不会感到高兴。为了使我相信自己就是他写的那个人——

〔1〕布伦（Boulogne），法国北部港市，即滨海布洛涅（法语Boulogne-sur-Mer）。

我就是那个患精神紧张和未认识到的恐惧的人——那位医生又接着描述我的症状。他说："这人简直不能舒舒服服地安坐下来，放松心情。他必须不停地干点什么，不是点着香烟，变换他身体的姿势，就是挪动报纸、书籍或者装饰品。要是他等火车，他就在站台上走过来走过去。"为我自己开脱，我要说假如我在站台上走过来走过去，那一定是因为铁路公司提供的座椅严重不足。但是总的来说，他的指责是适用的。我不停地在点烟；由于坐在扶手椅里我总是向下滑动到腰背部，我会不停地变换着姿势。虽然并不经常，但有时候我甚至挪动书籍。换句话说，我就是那位医生称作的"老忧虑犯愁之人"。他断言："精神上的恐惧使得一个人大大地担心一些小事，他也乐意承认这很愚蠢。他担心会迟赴一个约会。"这无疑说的是我——或者，如果你也会有这种情况。我——实实在在就是这个样子。我甚至担心让编辑等一篇文章。

按照那位医生的说法，这个时代的第二个疾病是抑郁。这里描述到患者的症状，那位医生也对我描述了一番。他说道："患这种疾病的人戴着黑色眼镜看待生活。他悲观，情绪低落，不抱有太大希望。他把通常的工作看作繁重的劳动，并且不能从娱乐消遣中得到快乐。他心情沉重，有点儿郁郁寡欢。他往往消极地批评那些积极有益的计划，还对那热心者的激情泼冷水。"说得太准确了！悲观，对什么都不抱多少希望，毫无疑问我近来的感觉就是如此。"把通常的工作看作繁重的劳动"——呃，自从我5岁第一次去上学我就一直感觉如此。"往往消极地批评积极有益的计划并且给热心者的激情泼冷水"——你应该听见我和一位年轻的共产主义者谈话，但是，唉，我还是没能降低他的或者她的热情。

由此说到"第三种占优势的精神疾病"，这就是无精打采。你如果没有得过这种病可能不大会同情我们患这种病的人，但是看来我们是值得同情的。那位医生告诉我们："病人虚弱无力，哪怕最轻微的脑力活动也会使他感到疲乏和厌倦。"我应该说，更确切些是产生一种厌恶，是对工作的看法而不是工作本身使得他憎恶。你定下心来工作时，工作本身是十分令人愉快的，但是，为要定下心来必须做的努力多么令人讨厌！然而，那位医生以赞赏的口吻描述了无精打采的人身体上的症状。他说："适度的运动使他四肢疼痛，极度疲劳。"假日中第一天，我更换了高尔夫球场上因击球过低而削起的一小块草皮，这次经历之后有多少次使我深切体会到那位医生讲的真理！

那么，对我们这些神经紧张、抑郁、无精打采的社会成员又该怎么处置呢？显然我们比那些心理不健康和有"传统的心理缺陷的人"更危险。即使如此，那位医生不愿意建议用猛药。他宣称："传统的心理缺陷不是主要危险。心理缺陷的种子更大量的是由那些病态家族中表面上正常的成员种下的，强制灭绝它会即刻引起愤怒、抵制和反抗。"我相信这句话的最后一小段是对的。一个人可以想象到神经紧张的人的愤慨，抑郁者的抵制甚至无精打采的人的反抗。我高兴的是那位医生明白这一点。但是事实上他的书颇有见识。我只是希望他不曾让我相信我身心上有那么多这些疾病的症状，以致使我成了对于社会有威胁的人。

失火了

　　所有伦敦人都跑了出来看水晶宫燃烧。人越文明，他们急急忙忙奔向一处大火的冲动明显地就越发不可抗拒，我不知道原始人是否有这同样的冲动。我想原始人对待火的态度比现代伦敦人更具实用性而不那么有审美趣味。看到火焰吞没一座敌人的村子的景象他可能会高兴，但是看到自己村子里的一幢房屋着火他不大可能感到一种美学上的享受。甚至在当今文明世界里，通常也只有城里人在戏院里观看一处失火的场景。加拿大的农民不会满心欢喜地看一处森林大火，澳大利亚的农民也不会满心欢喜地看一处林区大火。对他们来说，火的灾难就像疾病的灾难一样是令人骇怕的事情。

　　诚然，城里人观看大火时的心情是复杂的，他的心情不是一个孩子观看放烟火时那种单纯的喜悦。他仍然感到对于火的自然畏怯，并且他的喜悦不仅仅是跳跃的火焰的光影带来的喜悦，还有他的好奇心增强并得到了满足的喜悦。如果他知道正在燃烧的建筑物里生命正面临危险，他甚至可能会十分痛苦。

但是他不可能从现场走开，灾难绝不比欢乐场面的吸引力小。我相信随着时间的推移，大多数亲眼目睹了一场大灾难的人们——这场灾难没有发生在他们自己身上——会暗自庆幸他们运气好，不是好在有幸逃脱了那场灾难，而是好在有幸目睹了它。尼禄[1]时代之后，或许有许多老人相当自豪地向他们的孙儿们讲述他们看到罗马燃烧[2]的那个夜晚。他们当时可能并没有感到那份自豪，但它们的惊恐并不是不掺杂着欢乐。一个人稍稍与一场大的恐怖事件有所交集便更会感到有点儿了不起。

　　尽管火给人类造成许许多多巨大的破坏，聪明和善良的人们却很少把它作为一种邪恶的东西来谴责，这真是件怪事。我弄不明白为什么它在这个方面就逃脱了黄金、爱情、酒、自由、宗教和几乎所有其他给人类带来了灾难和福祉的东西的命运呢？黄金把贪婪带进了世界，或者至少使贪婪有所增强，结果呢，古代诗人和哲学家们曾经诅咒它首次从隐藏的地下开掘出来的那个日子。爱情给千千万万陷入爱情的人带来了灾难，因此被很多好心人谴责为一种罪恶。酒嘛，嗯，就一方面来说，它肯定是个起破坏作用的东西，所以善良的男人们和更加检点的女人们已经匆匆得出结论，说假如酒能够禁除，这个世

　　[1]尼禄（37-68），罗马皇帝（54-68）。即位初期施行仁政，后转向残暴统治，处死其母及妻，68年因帝国各地发生叛乱，逃离罗马，途穷自杀，一说被处死。

　　[2]公元64年罗马城遭大火，传尼禄有唆使纵火嫌疑。

界就会成为一个适于皮帕〔1〕居住的地方。说到自由，对于给许多现代欧洲人，或者（更确切地说）对于给许多现代欧洲人发号施令的少数现代欧洲人来说，它看起来是多么危险的事啊。至于宗教，要了解更多情况，参见卢克莱修〔2〕。这些东西是危险的，正像这个危险的世界里一切东西都是危险的一样，因此必须铲除和禁止。唯有火、水和空气，这三种极其危险的元素却偏偏逃脱了责难，我真想知道这是为什么呢？

在长长的一系列善意的胡说八道之中，可能已经有一些关于火焰恐怖的著名事例，而这些蠢话构成了人类历史的一个重要部分。但是，一般来说，必须承认把火带到人间的普罗米修斯〔3〕已经被看作是人类的恩人。假若不是几天前我碰巧随意读了雪莱的《麦布女王》〔4〕注释，我一定以为对于普罗米修斯的这一看法是人们普遍认同的。然而，使我惊奇的是——一个知识更加丰富、记忆力更强的人不可能有这种惊奇——我发现在雪莱的注释中一种反对普罗米修斯的论点竟然能够并且已

〔1〕皮帕（Pippa），英语中的女子名，此处似乎指任何女子。

〔2〕卢克莱修（约前94-前55），古罗马诗人，唯物主义哲学家，把古希腊伊壁鸠鲁的原子说系统化，以诗歌的形式解释原子说，总结和反映了当时自然科学的成就。承认世界的可知性，主张感觉是对外部世界认知的唯一泉源，对当时的宗教迷信和唯心主义展开斗争。主要著作有《物性论》等。

〔3〕普罗米修斯（Prometheus），希腊神话中普罗米修斯因盗取天火予人而触怒宙斯，被罚锁于高加索山崖上，遭神鹰折磨，后被赫拉克勒斯所救。

〔4〕雪莱18岁时写的第一首著名长诗。他在诗中严厉抨击专制社会，否定上帝，反对宗教，描绘了人类未来美好的社会图景，反映了乌托邦空想社会主义思想对他的影响。

经真的提了出来；而且是那么一位有相当地位的诗人提出理由说在火发明之前世界是个更好的地方。雪莱写道："赫西奥德[1]说——我不怀疑他的话——在普罗米修斯时代之前，人类不受苦难的折磨，他们享有精力旺盛的青春时期，死亡最终到来时就像睡眠来临一样，他们轻轻地闭上双眼便与世长辞。"我听说甚至贺拉斯也表示——学生时代我就应该记得这一点——普罗米修斯赠予人的火也带来了祸患和疾病。

对于我们这些生活在比赫西奥德和贺拉斯更远的靠北方的人们来说，关于普罗米修斯的这一看法带有忘恩负义的意味。一个人如果不是接受了普罗米修斯盗取来的火——而那火焰正在火炉中灿烂地跳动着——他在十二月的下午写一篇文章，手指会冻僵麻木了！对于我们，火炉是不是一个仅仅有着罪恶内涵的词呢？"炉边"[2]——幸福温馨的"炉边"是幼儿[3]和妻子适宜待的地方——呃，这就是所有最好的人和最坏的人心情舒畅时的梦想。我曾经是一个俱乐部的成员，那俱乐部称作炉边俱乐部。或许这样叫有点儿似是而非，因为它并不在某一家的炉边聚会，而是在一个酒馆雅间的炉边聚会，而且幼儿和妻子们是不准入内的。这家俱乐部的名字本身就让你在晚上聚会结束时感到成了一个更完善更有教养的人。那么雪莱怎么能

〔1〕赫西奥德（Hesiod），希腊诗人，约生活在公元前8世纪，牧人出身，著有长诗《工作与时日》《神谱》等。

〔2〕炉边（fireside），亦有"家""家庭生活"之意。"a happy fireside"可以说是"和睦幸福的家"。

〔3〕幼儿（wean），wean在苏格兰有"幼儿""小儿""婴儿"之意。

够拿赫西奥德和贺拉斯的例子来证实自己的观点，以中伤普罗米修斯带给人类的无辜的礼物呢？你可能知道答案。假使你不知道，我就告诉你。雪莱是个素食主义者，并且他生活的那个时代把普罗米修斯看作一个卑劣小人，因为是普罗米修斯唆使人类吃烤牛肉、猪排和香肠的。

引用了赫西奥德和贺拉斯的话之后，雪莱接着说道："所有这一切都以一种十分清楚的言词表达得明明白白，普罗米修斯（他代表人类）使他的自然状况发生了某种巨大的变化，把火用于烹饪的目的，于是创造出一种应急办法来遮掩屠宰的恐怖使他不至于恶心作呕！从这一时刻起，他维持生命的重要器官就被疾病的兀鹫吞食掉了。它以令人厌恶、种类繁多的各种形式消耗掉他的生命，引起了令人精神崩溃的过早夭折和暴死的病症。所有的邪恶都起因于有益的天真纯洁的丧失，当理智试图控制加剧恶化的非理性的强烈情感失败时，专制、迷信、单纯追求商业利益和不平等便第一次为人们所知。"

雪莱怀着自己反普罗米修斯的激情，接着引用牛顿先生的《捍卫素食养生法》[1]中的话："普罗米修斯，第一个教给人食用动物食品和用火（Primus boven occidit Prometheus[2]），这就使得动物的肉更易消化，口味也更

____

〔1〕牛顿（1770-1825）于1811年出版了《回归自然或捍卫素食养生法》。雪莱和他的第一任妻子赫丽特曾是牛顿在伦敦家的常客。
〔2〕原文用法语，意思同其前的英文。

____

失火了

169

佳。朱庇特[1]和其余的神灵预见到了这些发明的后果，为这新近形成的生物的短视作为或感到好笑，或感到愤怒，决定让他去品尝其苦果。干渴，肉食（或许因烹饪准备工作而变质的所有日常食物）所必然产生的结果接踵而来，人求助于水，所以就失去了他接受的上天赐予的极其珍贵的健康。他患了病，其生存岌岌可危，也就不再缓慢地走向坟墓。"

从这些你可以得出下面两点结论中的一点——或者可以清楚说明憎恶和谴责火就同憎恶和谴责黄金、爱情、酒、自由和宗教一模一样，或者当人成了脱离实际的理论家时就满嘴说些最不近人情的胡话。这两种结论，我觉得还是后者更可取。

事实上，很少有什么东西本身是绝对好或者绝对邪恶的。正像易卜生[2]支持诚实时指出，甚至诚实也可能成为一个弱点。宽容和慈悲可能会变成残忍：假如应一个伤心欲绝的妇女的恳求而滥施仁慈、放任一个嗜血成性的狂人在世上作恶；无节制的宽容让司法变得可恨。人们为之献出生命、将其尊崇为女神的自由会很容易变了样子，成了一个涂脂抹粉的母夜叉，而宗教世世代代以来既有极为美好的一面，也有邪恶的一面。

那么，让我们不要轻易接受雪莱早先对普罗米修斯的责

〔1〕朱庇特（Jupiter），罗马神话中统治诸神主宰一切的主神，相当于希腊神话中的宙斯（Zeus）。

〔2〕易卜生（1828-1906），挪威剧作家、诗人，以创作社会问题剧著称，著名作品有《玩偶之家》《群鬼》等，晚期作品转向心理分析和象征主义，其剧作对世界各国戏剧发展有深远影响。

难。普罗米修斯可能应为水晶宫的大火和对肝脏的啄食[1]这两者负责，而我现时正受着肝痛的折磨。然而，尽管如此他带给人类的恩惠是多么大啊！水晶宫的消失不像煤气灯和焦炭公司消失一样会对我有直接的影响。如果罗马城曾经伴随着尼禄的欺诈而焚毁，我自己客厅壁炉里的火则随着半夜之后无线电收听到的德国播放的音乐而静静地燃烧着，没有招惹任何麻烦。我抽的香烟是普罗米修斯点燃的。没有他的帮助带我回家的出租车就会像一头死驴一无所用。没有普罗米修斯就没有咖啡，没有茶，没有麦芽酒，没有家，没有戏院，没有路灯，除了生的水果和生菜之外什么也没有。

无论你可能对水晶宫的大火感到多么遗憾，你必须承认雪莱在心怀对普罗米修斯的愤慨写作时就像一个不谙世事的小孩子一样。

失火了

[1] 普罗米修斯被缚于高加索山崖时，每日遭神鹰啄食肝脏，夜间伤口愈合，天明神鹰复来。

马迷

如果"黑豹"在德比马赛上获胜[1]——显而易见多数人都期待它获胜——它的胜利在常去赛马场的人中将有更大的影响，可以以此作为与至今已经创造出的其他任何理论相比更赞成社会主义的依据。"黑豹"是匹由政府养育的马，出生和饲养都置哈罗德·考克斯[2]先生的自由放任政策[3]于不顾。因此对于它那些现今的承租人和埃普索姆赛马场都将带有一种重

---

〔1〕"黑豹"并没有在德比马赛上获胜。——原注

黑豹（Panther），赛马名；德比马赛（the Derby），始于1780年的英国传统马赛之一，每年6月在萨里郡埃普索姆（Epsom）举行；埃普索姆，英国英格兰东南部城镇，在伦敦西南，以每年举行大赛马著名。

〔2〕哈罗德·考克斯（1859-1936），英国政治家，演说家，1906年-1909年任普累斯顿自由党议员，并曾在一些委员会中供职。

〔3〕laissez-faire 在经济学里是自由放任政策的意思，来源于18世纪法国经济学家魁奈自由放任主义或无干涉主义，意思是政府放手让商人进行贸易。该词到了19世纪早期和中期成为自由市场经济学的同义词。

大方针政策的色彩。五年前，有谁会想到1919年德比赛马场上最有希望获胜的马竟肩负着如此重大的责任开始他的比赛呢？

马迷们[1]并不能抽出很多时间来考虑社会问题，哪怕是当这些问题与马匹相关之时。他们的生活过得很忙碌，很少能享受政治家们或者零星服饰用品商们命中注定享有的悠闲自在。他们的焦虑是分期连载的故事，从一天报纸的一版继续到另一版上。晚报的最末一版并没有结束他们的焦虑，与其说这是一天的尾声不如说它是次日的开场白。第二天赛马会的程序表使人想到的问题比和会[2]本身一个月里能解决的问题还要多。那位马迷事先研究了参加比赛的马匹的名字，然后出去买一些烟叶。当他从烟草店老板手里接过找回的零钱时，他问道："明天的比赛你听说什么消息了吗？"那烟草店老板说："我听说'绿斗篷'[3]第一场比赛会赢。"那马迷点了点头。他问："大赛你没有听说什么吗？""没有听说。有人说'神圣的天使'[4]会赢。"那马迷严肃地说："我听说是'油滑光亮之毛'[5]。晚安。"他走了出去。他沿着人行道往前走，皱着眉思考问题。他心中暗想"神圣的天使"定会弄出些麻烦来的。"神圣的天使"因起跑很差是匹名声不佳的参赛马。假如能相信他跑得开，他在长距离的比赛中会是同年

〔1〕马迷们（the betting men），痴迷于赌赛马的人们，赌马徒。

〔2〕和会（Peace Conference），亦称和平会议。

〔3〕绿斗篷（Green Cloak），赛马名。

〔4〕神圣的天使（Holy Saint），赛马名。

〔5〕油滑光亮之毛（Oily Hair），赛马名。

马迷

龄段中最优秀的马匹之一。然而，他还一直是从一开头就被远远地抛在后面。对他下赌注纯粹是冒险。它如果想赢的话是能赢的，但是它想赢吗？总的看来，把赌注下在"油滑光亮之毛"上更安全些，它在奇斯威克杯比赛中赢过"神圣的天使"，在苏格兰金奖赛马比赛中只有一颈之差输给了"灾难"〔1〕。那马迷任凭他的回忆老是停留在"油滑光亮之毛"的战绩上，信心也随之增加。他自言自语道："我看不到有哪个能赢它的。"他刚要决定把五英镑钞票赌注下到这匹马上就碰到了一个熟人，那人提议去喝一杯。他们喝着酒，谈话对准了马匹。"明天大赛你打算对哪匹马下注？""你听说什么了吗？""我听说是'油滑光亮之毛'。""我可不这么看。我告诉你是咋回事。汤米·菲茨吉本的小妹妹和威利·斯欧摩斯的两个妹妹一起上学，威利明天要骑'全球和平'〔2〕。威利的一个妹妹告诉她威利曾写信给她要她把手里的每个半便士硬币都下注到'全球和平'上。""我对在'全球和平'身上下注感到恶心、伤心和厌倦，它是一匹爱唱反调的畜生，好像从输掉比赛中得到实实在在的欢乐。""哎，记住我给你说的话。"

我们爱好赛马活动的人一回到家就走到书架旁边，取下《莫考尔赛马记事报和袖珍赛马历》的最近一本年报，在索引中查找"全球和平"。他查找了一场又一场赛马记录，发现这

〔1〕灾难（Disaster），赛马名。
〔2〕全球和平（Peace on Earth），赛马名。

匹马过去的表现比他记忆中的要好。他打不定主意该干什么。他仔细查阅几种周刊，看哪种能使他对不清楚的事情了解更多。每一种周刊都提到大赛中一个不同的获胜者，那天夜晚他穿上睡衣裤准备睡觉时，所知道的就是他已经决定了直到第二天什么也不要决定。

第二天他再一次读了参加各场次比赛的马匹的名字，扫视了一遍晨报上赛马输赢预测者精选出的获胜马匹的名单。他吃早饭比平时要迟。发觉自己在赶去赛马场的火车之前仅仅只有大约一个小时可用，便决定去一次"极乐鸟"[1]，通常大约中午能在那里找到他的一位朋友，那人在获取信息方面有着非凡的天才。他从店主那里听说他的朋友来过又走了，但那店主告诉他听说"布丁"[2]获胜是确定无疑的。"你这么看有什么理由呢？""噢，有个人到这里来过，他有个儿子是一名警察，就在乔布逊赛马训练场附近。他对我说邻近社区的所有人只要还有口饭吃就一直下注在'布丁'上。看起来像是有消息说'布丁'要赢。"那马迷走了出来又到了"红象"[3]去看一眼，想知道他的朋友是否在那里。那朋友和另外四个人正在楼上雅间里围着一张小桌子坐着，都喝着威士忌酒，交换着有关赛马胜负的秘密消息。他们属于活着的人中最轻信的那一批人。他们都是相信称之为信息的人，而信息只不过是马迷们对

〔1〕极乐鸟（Bird of Paradise），客栈名。

〔2〕布丁（Pudding），赛马名。

〔3〕红象（Pink Elephant），客栈或酒馆名。

内幕新闻的叫法。那位朋友正用一种低低的然而激动的声音跟他的同伴讲话。他们朝他倾斜着身子以便听清楚那内幕新闻，而这内幕新闻是不让房间里的其他人听到的。他讲他如何刚巧去他的报刊经售人那里买一份报纸，那报刊经售人那天早晨如何拜访了他的律师，那位律师告诉他说他进来时刚刚离开的那个来访者是戈登，他是"卡顿德鲁恩"[1]的主人，而戈登说"卡顿德鲁恩"是他曾经弄到手的最了不起的家伙。房间里烟雾弥漫，低沉嘈杂的谈话声和路过的车辆的哐啷哐啷声使人很难听到他说话，其他的人俯身于桌子上，满脸通红，一副急切的神情，就像是一名使徒来到了他们中间似的那样的一群人。他们没有待多长时间饮酒，因为他们没有很多时间享受社交的欢乐。他们快速吞咽下威士忌酒，看了看手表，匆匆站起身，握手告别了。

　　然后就驱车往火车站去，那里"马卷"正在出售。那马迷买了一张"马卷"和几份报纸。在火车上他再次低头看了看马匹的名单，想要拿定主意是否听烟草店老板的内部消息、第一场把赌注下在"绿斗篷"上。他非常相信血统，而至今在比赛中血统最好的马匹是"自由主义者"[2]，他的纯种系谱中有三匹德比马赛的获胜者。还有"红玫瑰"[3]，一个月前他一天赢了两场比赛，引起了轰动。他决定见到这些马匹再拿主意

　　〔1〕卡顿德鲁恩（Cutandrun），赛马名。
　　〔2〕自由主义者（Liberal），赛马名。
　　〔3〕红玫瑰（Red Rose），赛马名。

怎么办。他在赛马场的旋转栅门那里付了三十先令,被允许上了大看台。已经有一两个赌注登记经纪人从他们的看台上向人们叫喊,有些人已经用粉笔在黑板上写下了他们在大赛上愿意付出的投注赔率。他看了看黑板,看出赌"卡顿德鲁恩"输他能赢到二十倍的钞票,即五英镑的钞票可能给他带来一百英镑的收益。另一方面,假若"油滑光亮之毛"要赢,他也不希望错过机会。赌注登记经纪人正出五倍的赔率赌它输。"神圣的天使"是热门马,赔率是一比二。单单这就使得他对此不耐烦,因为他不喜欢把赌注下在热门马上。他更喜爱大的冒险,如果他赢了就赚上一大笔钱。然而,他要等一等再下决心。同时他要到赛马场的赛前鞍具着装场去看一看第一场参赛的马。六匹马已经牵了出来,臂上带有号码的人牵着马绕着一个圆形轨道一圈一圈地遛。他查看一下自己的"马卷",看到七号是"布赖顿美人"[1],而二号(一匹身材纤细,皮毛有光泽,前额有一颗白色的星状物的黑马)是"绿斗篷"。参赛马连同赛马骑师的名字如今正被举了起来,他在"马卷"上对应着每匹参赛马用铅笔做个记号。他匆匆写下骑师的名字,他看到是拉弗在骑"绿斗篷",这深得他的欢心。

他回到下注区,这时赌注登记经纪人正嘶哑着嗓子彼此对着喊叫。"自由主义者"是个大热门。他们叫喊道:"我出投注赔率一比二。我出投注赔率一比二。一比五,上面提到过的

[1]布赖顿美人(Brighton Beauty),赛马名;布赖顿(Brighton)为英国英格兰东南部城市名,临英吉利海峡。

一匹马不在其中。'绿斗篷'投八英镑赚一百。"他几乎感到"自由主义者"有把握会赢，但是"绿斗篷"呢，他真希望他问了那烟草店老板他的信息是哪里来的。不管怎么说，半个沙弗林[1]没什么要紧。他走到一位赌注登记经纪人身边，说："'绿斗篷'，下十先令。"那位经纪人转向他的记账员，说"'绿斗篷'六英镑五先令对十先令"，然后给了马迷一张红、白和蓝色的卡片，上面有他的名字和号码。记账员接过那卡片，在背面写下马的名字和投注的金额，匆匆走向看台去看比赛了。这时马匹已经出来了，一个接着一个朝起跑柱走去。而"绿斗篷"骑师的颜色——浅黄、鲜红的袖套，绿色和黑色的四块瓦的帽子——它很难会错过。宣布比赛开始的铃声刚一响起，人群中人们就开始武断地确定了结果。一个人嘴里念叨个不停："'绿斗篷'一定赢这场比赛。'绿斗篷'一定赢这场比赛。"另一个人说："'自由主义者'领先。"还有一个人说："不，是'跳蛙'[2]。"让对赛马不熟悉的人看来，赛马就像一群蜜蜂挨得那么近。然而，一匹枣红色的马突然间向前一跃，似乎是每跨出一步就在他和别的马之间拉开一匹马身长的距离。看台上的人高喊："'自由主义者'！'自由主义者'！"它以大约十个一匹马的身长获胜。"绿斗篷"第二，是差得很远的第二名。人群又开始从看台上往下拥去。那些投注赢了的人在离赌注登记经纪人很近的地方等，直到获胜

〔1〕沙弗林（sovereign）为英国旧时面值一英镑的金币。

〔2〕跳蛙（Jumping Frog），赛马名。

的马被牵到卸鞍的围场，宣布过"好啦"。接着赌注登记经纪人开始付钱，人群又向赛马场的赛前鞍具着装场移动，去看下一场比赛的马匹。

朋友们互相拦住对方，小声交换信息，其他的人竭尽所能去听，以期偷听到些信息。"我听见说'托木斯克'[1]""约翰尼说你哪怕只剩一便士也要下注在'格拉斯哥爱畜'[2]身上""我要对'潜艇'[3]下注"。马匹列队展示，参赛马河骑师的名字被举起来，马迷们押赌注，人群登上大看台，所有这些重复了一次又一次。那马迷甚至连喝口水的时间也没有。对于一位不经意的旁观者来说，一天的赛马外表上像是一天的假日，那马迷知道得更清楚。他一直在收集信息，做出决定，在赌注登记经纪人中间走来走去，希望能出注比较合适，他登上大看台又下来，在一直不停地研究马匹赢的点数，就像金融危机中的股票经纪人或者是一艘下沉的船只上的水手几乎没有什么机会慢慢来。

或许从赛马场出来乘火车回家的路上他会放松一点儿。当然啦，假如他把注下在"卡顿德鲁斯"身上，他会放松的，因为"卡顿德鲁斯"以一比十的赔率胜出，他的口袋里这会儿就塞满了五英镑的钞票。既然极度紧张的状况已经过去，他觉得很想开一下玩笑。他拿输掉的马的名字打趣，用了下面的双

[1]托木斯克（Tomsk），赛马名。

[2]格拉斯哥爱畜（Glasgow Pet），赛马名。

[3]潜艇（Submarine），赛马名。

马迷

关语："'伏卧'击倒了，正好。"[1]他对着隔间说道，全不在乎角落里那位曾把注下在那匹马身上的人阴沉的脸色。"'跳房子'跳跃得不够快。"[2]假若他喝醉了，玩笑也会开得更流畅了。他的玩笑几乎算不上什么玩笑，但是不要对他要求太苛刻了。这人一天过得很不容易。再等不过一个小时，忧虑又会突然造访他。他在饭店坐下来用餐还不到三分钟就会有人跟他说："明天的奖杯赛马比赛你听到什么消息了吗？"对于一个马迷来说是没有一天六小时工作制这回事的。每个小时只要醒着，他都在干冒险的苦差事。他只因为一件事让人羡慕，关于赛马，他知道跟理发师们谈论些什么。

〔1〕"伏卧"击倒了，正好。（Lie Low lay low all right），"Lie Low"是赛马的名字，英语中lie low的意思是"卧倒""处于低处"等；lay law有"击倒""使倒下""杀死"等意。

〔2〕"跳房子"跳跃得不够快。（Hopscotch didn't hop quite fast enough），英语hopscotch是"跳房子"游戏，是一种儿童游戏，在地上画几个方格，一只脚着地踢石子依次序经过各格，有些地方叫"踢房"。

在场的人

有一名记者作为"由于长期在西班牙境内居住并与之有关系，因而成为真正了解和懂得这个国家非常多的人们"的代言人写作，他强烈反对"下院议员们、牧师们等等的所谓'使命'"，也对这样一种状况表示愤慨，那就是这些人的报告和观点"受到的重视远远大于那些真正了解西班牙的人们的知识和经历所应受到的重视"。

真正了解一个国家的人厌恶仅仅访问过这个国家的人，这不是什么新鲜事儿。鲁德亚德·吉卜林既用诗歌也用散文强烈表达了这种反感。他多么不喜欢那些拒绝使用官方提供的观点观察一切事物的在印度访问的英国下院议员！显然吉卜林的看法就是：一名下院议员所能做的最恰当的事情就是待在家里，至于印度么，那就相信在场的人[1]好了。遗憾的是这绝不像听起来那么简单。多数国家中有许许多多的人在场，他们说的并不都一样。就拿吉卜林说的印度作为例子，有数以百万计的印度人在场，吉卜林本人很不喜欢你竟信任他们。他要求你只是信任在场的白人，而且为了取得信任，在场的白人必须是完全意义上的"白"人。

尽管我同意在场的人的意见值得去听，然而我却从来不会把他看作超人。其实，我怀疑那些总是对他大加赞扬的人除了合乎自己利益时相信他之外，是否真的信任他。以英国作例子，年轻的保守党党员会仅仅因为肖先生[2]比他们中的任何人在场的时间都长得多，而依照他的指导来参与英国的政治活动吗？如果不是这样，又是为什么呢？如果在场使得一个人聪明的话，在场的时间越长，他就可能会变得越聪明。当然，事实是，甚至在场时间同样长的人也未必意见会一致。一个人，在英国住了八十年，认为这个国家已经衰亡了；另一个人，也在英国住了八十年，认为情况已经大大改善，远非往昔可比。在场的英国人甚至不可能对现代青年，像伦敦的警察，是否真的令人满意意见一致，或者对英国饭店中的饭菜是否真的糟糕

〔1〕在场的人（the man on the spot），指某种行为或某个事件发生时在现场的人，即目睹或见证了某种行为或某个事件的人。

〔2〕指肖伯纳（1856—1950），英国现实主义戏剧家、评论家，费边社会主义者，主要剧作有《恺撒和克娄巴特拉》《人与超人》《巴巴拉少校》《皮格马利翁》《圣女贞德》等，获1925年诺贝尔文学奖。

透顶看法相同。正像最近的一则通讯来稿显示的那样，他们甚至不可能就英国饭店中的饭菜是世界上最糟的还是最好的达成一致意见。要是你在关于英国的不管什么问题上都相信所有在场的人，你的脑袋就会像陀螺一样团团转个不停。

民主国家里在场的人们生活在一种持续不断的和平的内战状况之中。他们在议会选举和市政选举中你争我斗。在没有选举进行的情况下，他们又在各种各样的委员会上争斗。尤其是在政治上，在场的人正是告诉你另一个在场人不可信的那个人。假如要比弗布鲁克[1]勋爵把斯塔福德·克里普斯[2]爵士作为在场的人来信任，他会回答与其说斯塔福德爵士是在场的人，还不如说他应该处于必须做出正确行动的地位的人。拉姆齐·麦克唐纳[3]先生由于加拉齐尔[4]先生的原因，情况也同样会很糟糕。在印度到场可能会激发信心，而在英国却经常被看作是无能和无知的证明。

〔1〕比弗布鲁克（1879-1964），英国报业巨头，两次世界大战期间均为英国内阁成员，是保守党决策人之一。

〔2〕斯塔福德·克里普斯（1889-1952），英国工党政治家，1932年参与创立社会主义同盟，第二次世界大战后任财政大臣（1947-1950），致力战后经济重建，推行经济紧缩政策。

〔3〕拉姆齐·麦克唐纳（1866-1937），1924年、1929年-1931年、1931年-1935年任英国首相，费边社成员，1911年-1914年任工党领袖，两度任工党政府首相，1924年与苏联建交，后另组国民工党，1931年-1935年任依靠保守党支持的联合内阁首相。

〔4〕加拉齐尔（1881-1965），苏格兰工会活动家，共产主义者，英国共产党创建者之一，曾作为议会中的共产党代表在下议院担任议员。

一个人如果长期甚至终生居住在英国，还没有权利让人承认他是有关英国事务的权威，那么一个在西班牙居住时间短得多的人，又怎么有权利让人承认他是有关西班牙事务的权威呢？甚至与任何侨居西班牙的英国人相比，在西班牙居住时间长得多的西班牙人对于当前形势客观事实的看法也有巨大的差别——如果这一说法还不是太温和。一位侨居在西班牙的英国人这么说是没有用的："我知道的，因为这一切开始时我就在那里。某某人被谋杀之后，内战就是唯一可能的结果了。"之所以说这话无用是因为你刚听到这么说，另一个在场的人，一个西班牙人，就告诉你："啊，是呀！我也在那里。我可以向你保证，某某人遭到杀害那是对他组织谋杀了另外一个人的惩罚。"不但访问过西班牙的人，而且在场的人，在"谁开始的这一切"这一无法规避却又无法回答的问题上发出了两种声音。或许我不应该说这个问题是无法回答的，因为有两个答案，每一个答案都有许多人充满激情地令人信服地讲出来。然而，我的观点是这两个答案绝对是互相抵触的，而它们都出自完全具备在场人的一切资格的人们之口。

除此之外，居住在外国未必能使他成为判断这个国家真正利害关系的人。有许多人居住在外国，或者是为了做生意，或者是为了游乐，自然十分关心这个国家的政治最影响他们自身利益的方面。侨居意大利的英国人欢迎法西斯主义，因为尽管它剥夺了意大利民主人士言论和行动的自由，却保障了他们火车能够正点。在西班牙的外国侨民和以前在那里侨居过的人们不可能在所有方面都更公正。

这里我不是说侨居外国对于帮助了解该国的人民和问题毫

无裨益。这么做会使人怀疑经验的价值，并且等于宣布说那些侨居在外国的人们写出的所有关于法国、英国、美国、德国、意大利和俄罗斯的书籍都毫无价值。这会泯灭一个国家有可能对另一个国家有最起码了解的希望。但是，我坚信，既然甚至一个国家的本地人的观点也不能够盲目相信，那么一位外国侨民的观点就更不能够盲目相信了。你不能确信仅仅通过和在地铁里碰巧坐在你旁边的英国人谈话，来查明英国对申请补助

他可能是一个傻子，或者是一个政治家

者所做的经济情况调查[1]的真相。他可能是一个傻子，或者是一个政治家，或者是一个只要税款不增加就对不管发生什么都不在乎的人。同样的，要想从你第一个遇到的、碰巧上一个仲夏期间住在马德里的人那里查明关于西班牙的真相也是徒劳的。除非他很有才智或者公正无私，否则他的看法毫无价值可言。一位有才智并且公正的人在伦敦一个星期能了解到的西班牙的情况，比一位无知的自私的人在西班牙住上二十年能了解到的情况还要多。

当然，对于外国的旅游者和侨居国外的人来说这一情况也适用。人们经常这样说，到一个国家去的外国人只看他出来要看的东西；尽管这种说法不总是对的，但相当多的时候是对的。我们旅行以期为我们的先入之见寻找佐证。法西斯分子出发往德国去，会怀着一种近似于古希腊的荣耀和古罗马的辉煌这样的想象。并且他谨防失掉这种想象，正像他在那里谨防丢失护照一样。他高高兴兴地回来了，既拥有这种想象护照也没有丢失。与此相仿，共产主义者动身去俄罗斯，脑海里有一个国家的这样一幅景象，这里（正如一次排字工印刷错误所曾经描述的）"和睦幸福的家庭诊所"已经成了所有人都拥有的东西。他从俄罗斯归来，带回了酝酿中的一处仙境的报告。如果他的报告偶然暴露出想象的缺失，这归因于缺乏想象，他就作为能力差的同仁，不称职的观察者，或者甚至叛徒而被辞退。

那么，看来好像是无论在一个国家居住还是去这个国家访

　　　[1]指对失业或残疾者等进行的经济情况调查，以确定是否给予补助。

问，对查明该国真相用处都不大——这是一个悲观的结论。实在是太悲观了，尽管此时此刻我很悲观，我还是不愿意赞成它。至少我还十分乐观，相信曾经在一个国家居住或者访问过它的一百个人当中，有一个人能够充满理智地公正无私地谈论这个国家。当然他一定会对它有好感，因为除非你对一个国家或者一个事业有好感，要不你就不可能看到它最好的一面。但是他还必须有双重的思想观点，这样当他的思想沉湎于先入之见时，还能与此同时为了真理的缘故而摆脱偏见的束缚。然而我发现这样做对于一个人来说是最困难的，哪怕在私生活中也是如此。我确信我们应该真正信任的人不是在场的人，而是有着双重思想观点的在场的人。世界上有一半灾难正是由那些有着单向偏狭思路的在场的人造成的。

为粉红色辩护

　　吉·基·切斯特顿[1]先生在他的最后一部散文集《如我所言》中提出了一个绝妙的建议：既然这么多人通过穿着彩色的衬衫来表达他们的政治观点，各种各样颜色深浅不同的衬衫也就应该被制造出来。这会给那些仅仅是"相当纳粹或者不那么共产主义"的人们提供一个自我表现的方法。相当纳粹的人"可以用让他们的新棕色衬衫稍微褪色变成暗原野灰色来表达他的怀疑"。可惜的是切斯特顿在提出了这个非常明智的建议之后把粉红色作为一种例外情况提了出来。他不允许粉红色的衬衫投放到市场上去。粉红色的衬衫对于他无疑就像激怒公牛的红布。他以激烈的措辞谴责粉红色，以前肯定没有什么颜色受到过如此责难。他说："粉红色在我看来实质上是一种不真

　　〔1〕吉·基·切斯特顿（1874－1936），英国作家、新闻工作者，著有小说、评论、诗歌、传记等，以写布朗神父的侦探系列小说最为著名。

无知的乐趣
low reading

实的负面的颜色，因为它是某种色彩富丽而鲜艳的东西褪了色，或者是微不足道的东西……粉红色使人想到的只不过是葡萄酒里添加了太多的水这种令人极不愉快、亵渎神圣事物的作为。粉红色是玫瑰的枯萎和火焰的衰颓。粉红色仅仅是宇宙的血液的贫瘠而已。"

作为一个喜爱粉红色的人，我不能对这种说法不加理会，不提出异议。粉红色是人类、或者是说英语的这部分人，出于本能挑选出的象征完美的颜色。我们不但说它"极度完美"，而且说它是"时尚的极致"或者"高雅的典范"[1]。许多士兵从前线写来家信，激励他们的妻子儿女，在信末签下"你的红润健康的"[2]。假如切斯特顿先生是信件检查员，他大概会把这划掉，换之以"你的垂头丧气的"[3]。而且还有"（穿红色上衣的）猎狐者"[4]——或许这是一个使用不当

[1] 极度完美（the pink of perfection）、时尚的精致（the pink of fashion）、高雅的典范（the pink of elegance），pink在英语中有"极度""顶点""典范""化身"等意。

[2] 你的红润健康的（Yours in the pink），英语中in the pink（of health 或 condition）是"红润健康的""健康状况很好的"之意。

[3] 你的垂头丧气的（Yours in the blues），英语中blues有"沮丧""忧虑"之意。

[4]（穿红色上衣的）猎狐者（the pink of the huntsman），英语中pink有"（猎狐者穿的）红色上衣"和"（穿红色上衣的）猎狐者"之意。

的名称[1]，但这不过证明了具有英雄气质的人如何深深地崇敬这种颜色。一年又一年，春天以杏花的粉红色宣告她的降临，夏天用野蔷薇的粉红色知会她的到来。在这样一个世界上又会有哪个人不崇敬这种颜色呢？切斯特顿先生说"粉红色是玫瑰的枯萎"，恰恰相反，它是纯正的、原本的玫瑰——那曾经在伊甸园中盛开的玫瑰——的颜色。直到亚当犯下了罪孽玫瑰才变成了红色。粉红色还是康乃馨最漂亮的颜色。比较深的色彩与之相比便显得粗俗平庸。那些年里我常常黎明时分还醒着，东方天际的粉红色彩是多么迷人的景象！又会有哪个孩子不对贝壳光亮的空洞里的色彩引起的共鸣着迷呢？难怪父母们挑选粉红色和蓝色作为两种完美的颜色来装饰他们宝贝婴儿的摇篮，女孩用粉红丝带打成的蝴蝶结，男孩用蓝色丝带打成的蝴蝶结。大自然中没有什么颜色是胜过它的。就葡萄酒而论，粉红色使人想起的并非用水冲淡的红酒的形象，而是样子迷人——如果样子不是那么迷人——味道可口的葡萄酒，玫瑰红葡萄酒的形象。粉红色是血液贫瘠的颜色？哟，它是称之为白种人中健康的颜色，正如经常指出的那样，这个人种实际上是粉红色种人，至少把他们的地图涂成粉红色的那个民族[2]是如此。

[1]使用不当的名称（misnomer），错误或使用不当的名字或名称，如"'Fruit'as used to describe potatoes is a misnomer"（用"水果"一词来形容土豆是用词不当）一句所示。

[2]这里pink（粉红色）指地图上用以标示英国殖民地或自治领的粉红套色。

说实在的，在我看来，世界所能发生的最好的事情就是它变得越来越粉红。假若我听说大自然全部逐渐变成粉红色，我会非常高兴。如果我们必须有革命的话，与红色革命相比我更喜欢粉红色革命。孩提时代我害怕绯衣妇[1]；假如我能把她看作粉红衣妇我就会相当喜爱她。与那些罪恶是红色的人相比，我当然更喜欢罪恶是粉红色的那些人。世界上的红色太多了。我不知道现在是否还有哪个国家飘扬着粉红色的国旗，但是战鼓的震响平息之时，粉红色会是我心目中的国际旗帜的颜色。那些和切斯特顿先生观点相同的人们可能不会加入这个大合唱，但是其余的人们，我们呢，从东京到温哥华，都会发疯般地歌唱——不，是大声呐喊我们的颂歌《让粉红色的旗帜飘扬》！[2]

　　我想切斯特顿先生之所以仇恨粉红色是因为他出生在一个体制走向了极端的国家里。中庸稳健的美妙之处只有在极端的人们的世界里才会清楚地显现出来。有节制的人容易因为自己的节制而自我庆幸——变得沾沾自喜。如果遇到一个人不但有节制而且沾沾自喜，你就忍不住希望他会去掉自己的节制，以此作为丢掉自己沾沾自喜的癖性的方法。（事实上，沾沾自喜并不仅仅局限于有节制的人身上，在极端主义者、离经叛道

　　〔1〕绯衣妇（the Scarlet Woman），新教徒用以指责罗马教会的贬称；可能指罗马教会，或非基督教的罗马，或反基督的俗世及邪恶精神，源出《圣经·新约》《启示录》。

　　〔2〕《让粉红色的旗帜飘扬》（Keep the Pink Flag Flying），作者为赞颂粉红色而设想的歌曲。

者和反对传统者中间也很普遍。）一个既稳健节制又成功的人士的沾沾自喜还是有些令人非常反感的东西，并且稳健节制的人们有一种令人不愉快的方法来显示自己是成功者。同时，想一想假如多数人都不学习表现节制的艺术，那么我们会生活在一个什么样的世界上！有节制的人有时会显得迟钝，然而一个酒鬼十之八九又多么令人厌烦！一个互谅互让的幸福婚姻可能看起来单调乏味，但是一个打妻子的男人或者掴丈夫耳光的女人的更富激情的生活到头来甚至更单调乏味，更令人生厌。无节制的人们的故事读起来令人激动，可是谁又会送自己的儿子去接受他们中不论哪个人的教育呢？我们不赞美无节制的银行分行经理和无节制的医生。生活里几乎所有和我们有关系的人中，我们喜欢粉红色的人们。谈到某某人，我们说"他是个白人[1]"，但是我们实际上是想说"他是个粉红色的人"，一个比我们自己更粉红一些的人，因而值得信任。

然而，切斯特顿先生明显是在政治问题上而非道德问题上憎恶粉红色。他说："有一种仅仅是粉红色人道主义，对此我比对真正的红色共产主义还更不喜欢。它不是那么诚实正直[2]，它不是那么真正的愤怒或者那么有充分的理由发

[1] 白人（a white man），诚实的人，英语中white有"道德或精神纯洁""正直的""诚实的"之意。

[2] 粉红（pink）因为不是真正的红red而显得虚假、不真实。

怒[1]。说到底它全然是各种浓重颜色和任何伟大历史文化的清楚明了形式的负面的、消极的表现。它在削弱文明方面将表现得毫不逊色，因为它含水分过多不能在夜间点燃它；你不可能用粉红的火炬或者粉红的火炮使一座城镇烧起来。这种冷酷无情的苍白平淡的感伤主义还是像缓慢到来的'洪水灭世'[2]那样威胁着世界。"我作为一个粉红色的人道主义者十分认真地读了这段文字。这些年来我变得越来越粉红，但是至今我总以为尽管我做不了多少善事，至少在政治问题上我是无害的。我从来也没有看不清在政治上我是个摇摆不定的感伤主义者这一事实。但是，因为我除了在一个积极支持保守党的选区投过票之外从来没有参加过选举，想到我不可能对自己的伙伴造成任何伤害，我就以此安慰自己。有时候我对自己的粉红自鸣得意——沾沾自喜，如果你喜欢用这个词的话[3]。我对自己说过："假若每个人都如同我一样粉红，世界上所有的这些荒谬和愚蠢一个星期内就会消失干净。假若每个人都如同

[1]英语中red有"通红的""充血的"之意，可以表示某人因气愤或窘迫而"满脸通红"，如"He gets red with anger.（他气得满脸通红）"。而如果只是"粉红"，那似乎不是真正的生气，或者没有充分的理由生气，因心虚达不到"通红的"程度。

[2]洪水灭世（the Deluge），《圣经·旧约》《创世记》中的洪水灭世。

[3]沾沾自喜（smug），英语中self-satisfied是"沾沾自喜的""自鸣得意的"之意思，而smug也是相同的意思。这里作者是说如果与self-satisfied相比，你更喜欢用smug，那就用它好了。

我一样摇摆不定，人们又会相处得多么和谐！"许多人看到一位政治家摇摆不定便失去了对他的信任；而此刻我恰恰相反，重新给予了他信任。我喜欢看到一位保守党政治家多少自由主义一些，一位自由党政治家多少保守一些，而一位社会主义政治家既多少保守一些又自由主义一些。假若墨索里尼和希特勒偶尔摇摆不定的话，我会更信任他们的；是他们极度的僵化让我惊恐万分。唉，要是能有几个粉红的血球在他们的血管里流淌该多好啊！那阿比西尼亚人[1]和犹太人的日子会好过许多许多！

我喜爱颜色的融合和中度深浅色或许是基于这样一个事实，那就是我在一个政治色彩如切斯特顿先生所说"富丽而鲜艳"的国度里长大。在我青少年时代的爱尔兰，橙黄色是不允许与绿色掺杂在一起的，而绿色也不用橙黄色使其在感觉上变淡。同时，有一些充满幻想的人期待着这些颜色会奇迹般地融合在一起的那一天。我不是一位画家，不知道绿色和橙黄色混合在一起结果会怎样，但是如果我听到是粉红色时绝不会感到

[1]东非国家阿比西尼亚（Abyssinia，埃塞俄比亚 Ethiopia 的旧称）的人民。

奇怪。爱尔兰自由邦[1]还没有达到悬挂一面粉红色旗帜的地步，但至少已经放弃了纯绿色的旗帜，而且让出地方，用和平安宁的一个白色条带把橙黄色条带和绿色条带连接在了一起[2]。这当然是政治上粉红的一个例子，这或许使极端主义者忧虑不安，但却令我振奋。这是妥协互让的象征，对我来说妥协互让是产生于人的灵魂的第三个最美好的东西。如果说我喜爱粉红色的话，或许就因为它是妥协互让的颜色，是希望的颜色。大自然并非无缘无故地用杏花带来春天，用野蔷薇带来夏天。这里大自然就是我们的导师，吩咐我们如果要进入一个阳光灿烂的世界就要把我们愤怒的红色变淡。这就是我整个的政治观点可以归纳为"把我变成粉红色"[3]这一说法的原因。作为对世界所怀有的梦想当中，我最迫切的希望可以用这一说法来表达："把整个世界都变成粉红色！"

〔1〕爱尔兰自由邦（The Irish Free State），爱尔兰岛自古为克尔特部落所居。12世纪中叶，英国势力开始侵入。1801年英国和爱尔兰订立同盟条约，规定成立大不列颠及爱尔兰联合王国，爱尔兰实际上置于英国统治之下。第一次世界大战后期，爱尔兰民族独立运动高涨，英国于1921年同意爱尔兰南部26个郡成立"自由邦"，享有自治权，北部6郡则被并入联合王国。1937年爱尔兰自由邦宣布为独立共和国，但仍留在英联邦内，1949年脱离英联邦，建立爱尔兰共和国。

〔2〕爱尔兰自由邦的旗帜中间为一白带竖条，左边为绿色竖条，右为橙黄色竖条。

〔3〕"把我变成粉红色"（Strike me pink）；英语口语中Strike me pink这一短语原表示惊讶或者怀疑。

译后记

　　罗伯特·威尔逊·林德（Robert Wilson Lynd）是英国散文家、文学批评家和诗人，他与爱·维·卢卡斯（E. V. Lucas）都是20世纪初期复兴查尔斯·兰姆散文体传统的先驱人物。罗伯特·林德的散文已经汇集成许多部文集出版，并且列入了世界各地大学英语学生阅读书目之中。然而，罗伯特·林德对于我国广大读者包括高等院校英语专业的学生还是一个十分陌生的名字，当下在书店和图书馆还很难找到林德的作品和有关他的著述，网上所能查找到的他的散文译文也只有一两篇。这样看来，把林德的优秀散文翻译成中文，帮助我国读者更多地了解他便是一件很有意义的事情了。

　　罗伯特·林德1879年4月20日出生于北爱

尔兰首府贝尔法斯特。他的曾祖父是从苏格兰迁往爱尔兰的移民，父亲约翰·林德是一名基督教长老会教政组织的首脑，母亲名萨拉·雷特欧尔，母亲家族男性祖辈中也有些做牧师的。罗伯特在父母的七个孩子中排行第二。罗伯特·林德曾在贝尔法斯特的女王学院求学，还在当地担任过记者。1901年林德22岁时途经曼彻斯特迁居伦敦，和他的好友、后来成为艺术家的保尔·亨利合用一套房间。林德为《今日》（Today）杂志写作戏剧评论，杂志的编辑是小说家、剧作家、幽默小说《三人同舟——不用说还有一条狗》的作者杰罗姆·克·杰罗姆（Jerome Klapka Jerome）。林德还为《每日新闻》写稿。后来该杂志更名为《新闻记事》（News Chronicle），从1912年至1947年林德担任其文学编辑。

林德成了一名受人欢迎的多产的散文作家、报刊专栏作家、批评家和诗人。1909年4月林德和西尔维娅·德莱赫斯特（Sylvia Dryhurst）结婚。西尔维娅是诗人、小说家、散文家和短篇小说作家。林德夫妇育有两个女儿梅芮尔和希格尔。自1913年至1945年，林德使用Y. Y.（Ys或 Wise）的笔名每周为《新政治家》（New Statesman）写稿，他的散文是该杂志上"不能替代的"文章。

文人之间的亲密交往和相互提携历来是文学史上的佳话。查尔斯·兰姆就曾和与他同时代的一些文学家如湖畔派诗人华兹华斯、柯尔律治、骚塞，散文家德·昆西以及作家威廉·戈德温、赫兹利特和利·亨特结下了深厚的友谊。许多文人和著名演员汇聚他家，探讨文学艺术问题，这对兰姆的文学创作影响甚深。林德夫妇作为文学界"强有力的"人物也和许多作家

林德、妻子西尔维娅和两个女儿

交往密切。许多文人都常到林德夫妇伦敦的家里做客，这中间有J．B.普里斯特利[1]，还有爱尔兰小说家、意识流文学大师詹姆斯·乔伊斯[2]和詹姆斯·斯蒂芬斯[3]。林德夫妇也和

〔1〕J．B.普里斯特利（1894-1984），英国小说家、剧作家、文学批评家，主要作品有流浪汉小说《快乐的伙伴》、喜剧《金链花树丛》、文学评论《英国小说》等。

〔2〕詹姆斯·乔伊斯（1882-1941），爱尔兰小说家，作品揭露西方现代社会腐朽的一面，多用"意识流"手法，语言隐晦，代表作《尤利西斯》。

〔3〕詹姆斯·斯蒂芬斯（1880-1950），爱尔兰作家，代表作有小说《金坛子》，其他作品还有诗集《叛乱》，小说《女佣的女儿》《黛特》等。

休·沃尔浦尔[1]爵士有着良好的关系。普里斯特利、沃尔浦尔还和西尔维娅·林德发起成立了读书会。这种交往对于林德夫妇的文学创作无疑大有裨益。

林德有强烈的爱尔兰民族意识，反对英国政府对爱尔兰的统治和对爱尔兰人民的剥夺。并利用一切可能的机会谴责英国政治家在处理爱尔兰问题上的虚伪欺诈行为。这种情感还延伸到对于遭受英国殖民统治的其他民族的同情上。他是一位有名的演说家，1916年曾在爱尔兰共和军人、马克思主义者詹姆斯·康诺利[2]的葬礼上发表演讲，此后还将其著作《爱尔兰的工人》《爱尔兰历史上的工人》和《爱尔兰的再征服》编辑出版。林德还是爱尔兰民族独立运动领导人罗杰·凯斯门特[3]的朋友。

林德由于文学上的成就，1928年获英国皇家文学学会银

〔1〕休·沃尔浦尔（1884-1941），英国小说家，写有长篇小说《坚忍不拔》《黑暗的森林》等，以系列小说赫里斯家族记事《无赖汉赫里斯》《朱迪斯·帕里斯》《城堡》《瓦奈萨》而闻名。

〔2〕詹姆斯·康诺利（1868-1916），爱尔兰社会主义运动领导人，工会领袖，生于苏格兰爱丁堡的牛门地区的一个爱尔兰移民家庭，11岁时辍学工作，但之后仍然成为杰出的马克思主义理论家。他对自己的爱尔兰背景十分自豪，也投身于苏格兰政治活动中。由于参与领导1916年爱尔兰复活节起义被行刑队枪杀。

〔3〕罗杰·凯斯门特（1864-1916），爱尔兰争取民族独立斗争的领导者，当过英国外交官，曾领导1916年的爱尔兰复活节起义，预定由德国提供军火，起事前被捕，在伦敦被处绞刑。

质奖章，1932年获《星期日时报》文学金质奖章。1947年贝尔法斯特女王学院授予他荣誉文学博士称号。林德于1949年10月6日去世。

　　林德的散文题材广泛，内容深刻，见解独到，文字幽默流畅。读林德的《无知的乐趣》，我们不能不为作者对事物观察的精细，见解的深刻和文体的生动活泼赞叹。我们许多人对周围自然界的事物和现象熟视无睹，知道的鸟和花卉的名字也寥寥无几。还有一些人或不思学习，不求进取，或有了一星半点知识就沾沾自喜。林德告诉我们无知的乐趣就是承认自己无知从而积极进取勤学好问的乐趣。"我们忘记了苏格拉底以智慧闻名不是因为他无所不知，而是因为他70岁上还认识到自己依然一无所知。"社会和自然界有无穷无尽的知识宝藏等待我们去发掘，一点一滴知识的获得增加了我们的智慧，这也正是我们的快乐所在。人们有着追寻知识的好奇心，林德在《最好奇的动物》中赞扬这种好奇。好奇是驱使人们探索的动力，许多发明创造正是基于人们的一些奇思怪想。世界之所以有今日，在某种程度上应该归功于人类的好奇。教条主义者"坚持事情应该是本来的样子"，他们和那些逆历史潮流而动的反动势力污蔑和迫害敢于提出问题勇于探索的人们，苏格拉底被控以"传播异说，毒害青年"，由法庭判以死刑；伽利略遭到罗马教廷圣职部判罪管制。然而，人类的探索和创新永远不会停止，社会也只会越来越美好。

　　林德热爱自然，热爱生命，喜爱动物和植物，他的《野草赞》肯定了野草的价值，要人们"放弃野草必定是有害的"观念。无节制地开垦荒地使得野草难以生存，鸟儿也随之减少和

罗伯特·威尔逊·林德（漫画）

消失。林德用生动的事例说明了保护野生植物、保护自然环境和保持生态平衡的重要。《昆虫的嗡嗡声》里进入卧室的昆虫的叫声固然令人烦躁不安，而花园里昆虫的嗡嗡声就像鸟的鸣叫和大海的涛声一样是自然界美妙音乐的一部分。"听到昆虫的嗡嗡声所感到的乐趣也是一种回忆往事的乐趣"，它使人"想起童年时那无穷无尽的祥和"。由此林德想到与大约三十年前相比人们的微笑所发生的变化。过去微笑像是发自内心，而如今只是礼节上的惯常做法而已。人们对猫和鸟儿的喜爱在《猫》和《最讨人喜欢的动物》中得到充分的体现。一个人对自己的猫喜爱至深，容不得别人说它半个不字。各自家的猫是各人心目中的冠军猫，所以冠军猫展虽然已经在水晶宫举行，但是冠军猫并不在那里。观察鸟儿的样子和倾听鸟儿的歌声已经给了人们许多欢乐，林德夸赞一些介绍鸟类的书籍，尤其是配有鸟叫声唱片的书，因为它们给人们识别和欣赏鸟提供了方便。《走进春天》和《五月》讲述了春天带给自然界的喧闹和勃勃生机。林德对小鸟和其他幼小的生命充满了爱怜，唯恐它们受到伤害。锦带花枝上一只小小的啄木鸟向一只麻雀靠拢的情景，和一只幼小的鸫在草地上跳来跳去不知危险的样子，准确而又生动地呈现在

罗伯特·威尔逊·林德

译后记

了我们读者的眼前。

　　林德喜欢亲近自然，从观察自然环境中获取乐趣。《双腿》一文要人们迈开双腿，少乘车，多走路。步行不仅可以锻炼身体，而且可以一路欣赏风景，了解社会。旅游也是基于这一目的，特别是在一个陌生的地方旅游更可以给人许多奇妙的感受。林德把去加拿大时在轮船上的所见所闻、乘车登上洛基山脉旅途上的惊险经历和在异国他乡感受到的自然环境和文化上的差异，写进了《首次渡过大西洋》《恐高》《寻找熊》和《不同之处》之中，大大开阔了读者的视野。林德也认真观察人世间的百态万象。《马迷》中那痴迷于赌赛马的人探听所谓的内部信息是多么地尽心尽力，在赛马场看台上跑上跑下投注是多么地不辞劳苦。文章对马迷们的心态有着十分深入的刻画。

　　《鲱鱼的船队》中渔夫威猛自信，衣饰光彩照人；船队出海时气势恢宏；渔船次日清晨归来后港口一片繁忙。人们忙碌着把网里的鱼倒空，把筐里的鱼卖给收鱼的商人和用车把鱼运到车站去。男人、女人和孩子们的衣服和所有的东西都沾满了鱼鳞，鱼腥的气味冲向天空，大群的海鸥"像雪暴一样漫天飞舞"，发出尖利的叫声。老年渔夫想到当年的辛劳，而鱼的价格与现在相比却低得可怜，他们的青春算是白白浪费掉了。蓝色的海洋承载着人们的梦想，而船帆给了他们飞翔的翅膀。林德对渔夫们一代又一代人的辛苦劳作既赞赏又同情。《鲱鱼船队》和其他一些篇目被看作20世纪散文的经典作品。

　　林德的散文涉及社会矛盾和日常生活的方方面面，对于一些社会现象和思想政治观点或褒或贬，态度鲜明。《道德》一文谴责"假冒的道德"，指出有些人"用被玷污的道德的语言"即用伪善把自己装扮起来，宣泄所谓的义愤，用制造、夸大宣传别人的不道德转移人们对他们自己不道德行为的注意。《等待正式出庭的陪审员》从一个新的角度考察英国法律机器的运转情况。选拔正式出庭的陪审员制度的缺陷造成了不少被召唤来的人们时间的浪费。等待正式出庭的陪审员在巡回审判法庭上听了一个接着一个刑事犯罪案件的审理，通过观察对英国法律制度的弊端有了更深入的了解。警察、律师，甚至法官把重婚罪犯罪率的大幅上升归咎于战争；由于战争，男人们有了更多流动机会，而身着军服的他们更是女人们心目中的英雄形象。警察和律师为犯重婚罪的男人辩护时，被伤害的犯人的原任妻子在法庭上显得多么可怜可悲。几宗盗窃和诈骗案的审理也过于潦草，大大损害了司法的严肃性和公正性。《感到欢乐之时》谈到战时伦敦人物质匮乏的情况、遭受的苦难和战后一些人沉浸在吃喝玩乐之中的情况，而许多的社会下层人民居无定所，生活依然贫困。许多政治家忘记了成千上万人为之牺牲了生命的理想，并不打算去建设一个新世界。还有些人正竭尽全力阻止变化的发生。林德问道："我们正感到欢乐难道可能不仅仅因为我们已经逃脱了战争的灾难，而且因为我们正在逃脱战争中许多人为之奋斗的目标吗？"

　　林德在《为逃避叫好》中回应了一下文学批评家对一些作家"有逃避的倾向"的指责，指出像济慈、查尔斯·兰姆等等杰出的作家呈现给读者的是一个更加美丽的世界，"这个世界同样真实，有时更甚"。《改变观点》告诉我们随着社会的发展、形势的变化和人们对问题认识的深入，人们的思想认识应该与时俱进，改变观点的情况不但是经常发生的，也是正常的。《失火了》从1936年伦敦水晶宫大火讲到普罗米修斯把火带到人间给予人类的恩惠。正像人类的其他发明创造一样，火也有其危险的一面，但也不能因此而全盘否定它。《是失败吗？当然是的》也谈到了人类的许多发明创造。这些发明创造给人们带来了福利。然而，如果我们不能正确对待和使用这些东西，结果就会与人的初衷背道而驰。教育是我们培养教育年轻人乃至提高整个人类知识水平的手段。林德之所以认为教育"已经失败了"，是因为烦琐的规章制度束缚了年轻人的思想，繁重的无价值的训练消耗了年轻人的时间和精力。医药的发明使许多人摆脱了疾病的困扰，恢复了健康，但是过分地听信精心制作的万应灵药广告词和某些所谓名医说的话，便会整日神经紧张，相信自己患上了广告上和书里描述的那种疾病，甚至会对家庭和社会造成危害，这正是《我，一个具有危害性的人》告诫我们要警惕的。《天才》批评了自诩为天才的人的自负和无知，指出"天才难得一见"。要成为一个成功的作家必须摒弃物质的诱惑，淡泊名利，耐得住寂寞。在同一个国家居住或者目睹了同一件事情发生的亲历者，可能会对这个国家或者这个事件有着不同的看法，这主要是看问题的角度不同，立场观点不一样。《在场的人》要人们摆脱偏见，去除"单向偏狭思路"，理智而又公正无私地看待问题，这样才能反映事实的真相。林德不赞成"满"，更反对"过"。满、全、足，则没有余地；过，

无知的乐趣
flow reading

超越了应有的限度，则走向了极端。《为粉红色辩护》强调粉红色是象征完美的颜色。它是一种柔和的颜色，与比较深的颜色相比它深浅适度，留有余地。粉红代表稳健、克制，林德说它是"妥协互让的颜色"。这一看法与我国儒家"中庸"的伦理思想相一致。中庸指无过无不及的态度。《论语·雍也》中说："中庸之为德也，其至矣乎！"意指中庸是最高的道德标准。林德认为，如果夫妻之间，人与人之间，国家与国家之间互谅互让，家庭就会和睦，人与人就会友好相处，国与国就不会发生战争，整个世界就会变得和谐而美好。

翻译林德的散文的过程对我来说就是学习的过程。林德和爱·维·卢卡斯一样视野开阔、学识渊博、文笔犀利，语言的运用也很有自己的特色，要理解他并把他的思想准确地传达出来非易事。他的散文提及许多政治家、思想家、文学家、历史人物、历史事件和自然现象，典故比比皆是。做好注释对于帮助读者理解散文本身至关重要。这些我都尽力去做了。词典和互联网上查找不到的人和事就找我的儿子帮忙。他在美国总能找到大量有关材料，通过微信发给我。我的女儿、外孙女、孙女和外甥以不同的方式帮助我。我的妻子坚持免除我的家务劳动以保证我有更多的时间用于翻译。尽管有了这些努力，整个工作看来还显得匆匆忙忙。译文中一定有许多不准确甚至错误之处，敬请读者批评指正。

译者

2017年12月

慢读译丛

格拉斯米尔日记

〔英〕多萝西·华兹华斯著　倪庆饩译

山海经

〔法〕儒勒·米什莱著　李玉民译

炉边情话

〔日〕幸田露伴著　陈德文译

那一张张鲜活的面孔

〔俄〕吉皮乌斯著　郑体武译

如果种子不死

〔法〕纪德著　罗国林译

品格论

〔法〕拉布吕耶尔著　梁守锵译

造园的人

〔日〕室生犀星著　周祥仑译

林荫幽径

〔俄〕蒲宁著　戴骢译

暖梦

〔日〕夏目漱石著　陈德文译

无知的乐趣
Slow reading

书籍的世界

〔德〕赫尔曼·黑塞著　马剑译

密西西比

〔美〕威廉·福克纳著　李文俊译

水滴的音乐

〔英〕阿尔多斯·赫胥黎著　倪庆饩译

存在的瞬间

〔英〕弗吉尼亚·伍尔芙著　刘春芳　倪爱霞译

阿尔谢尼耶夫的青春年华

〔俄罗斯〕伊凡·蒲宁著　戴骢译

霜夜

〔日〕芥川龙之介著　陈德文译

闲人遐想录

〔英〕杰罗姆·克·杰罗姆著　沙铭瑶译

凯尔特薄暮

〔爱尔兰〕威廉·巴特勒·叶芝著　许健译

晴日木屐

〔日〕永井荷风著　陈德文译

我的生活故事

〔法〕乔治·桑著　管筱明译

事物及其他

〔法〕莫泊桑著　亚春峰译

无知的乐趣

〔英〕罗伯特·威尔逊·林德著　吕长发译